Canta solo para mí

Novela

La Fundación José Manuel Lara
convoca el Premio de Novela Fernando Lara,
fiel a su objetivo de estimular la
creación literaria y contribuir a su difusión.
Editorial Planeta edita la obra ganadora.

Esta novela obtuvo el XIX Premio de Novela
Fernando Lara, concedido por el siguiente jurado:
Fernando Delgado, Pere Gimferrer,
Ana M.ª Ruiz-Tagle, Clara Sánchez
y Emili Rosales, que actuó a la vez como secretario.

El Premio de Novela
Fernando Lara cuenta con el patrocinio
de la Fundación AXA.

Nativel Preciado

Canta solo para mí

Premio de Novela Fernando Lara 2014

Planeta

El papel utilizado para la impresión de este libro es cien por cien libre de cloro y está calificado como **papel ecológico**.

Avinguda Diagonal, 662, 6.ª planta. 08034 Barcelona (España)
www.planetadelibros.com

Adaptación de la cubierta: Booket / Área Editorial Grupo Planeta
Fotografía de la cubierta: © Gianni Penati / Condé Nast Archive / Corbis / Cordon Press
Fotografía de la autora: © Ricardo Martín
Primera edición en Colección Booket: junio de 2015

Depósito legal: B. 10.834-2015
ISBN: 978-84-08-14054-2
Impresión y encuadernación: CPI (Barcelona)
Printed in Spain - Impreso en España

Biografía

Nativel Preciado se inició como periodista en el desaparecido diario *Madrid*. Ha trabajado en múltiples medios de prensa, radio y televisión. Fue cronista parlamentaria durante la transición. Algunos de sus trabajos referidos a dicha etapa han sido publicados en *Memoria de la Transición* y en *Los cronistas de la Constitución*. Es autora de varios ensayos, entre otros, *Fuera de campo*, *El sentir de las mujeres*, *Amigos íntimos*, *Extrañas parejas*, *La era del bien y del mal* (VV. AA.), *Hablemos de la vida*, con José Antonio Marina, *Nadie pudo con ellos* y *Si yo tuviera 100.000 seguidores*. Y las siguientes novelas: *El egoísta*, *Bodas de plata*, *Camino de hierro*, *Llegó el tiempo de las cerezas* y *Canta solo para mí*. Ha recibido premios periodísticos: Francisco Cerecedo, de la Asociación de Periodistas Europeos; Víctor de la Serna, de la Asociación de la Prensa. Y premios literarios, Finalista del Premio Planeta 1999, Pluma de Plata 2000 y Premio Primavera de Novela 2007. Actualmente es conferenciante, jurado de varios premios literarios, columnista del semanario *Tiempo* y colabora en programas de radio y televisión.

Twitter: @NativelPreciado
Facebook.com.Nativel-Preciado
www.nativelpreciado.com

Para Alejandro, por todos los secretos compartidos.
Y también para Sara y Pablo.

Cantar es una forma de escapar. Es otro mundo.

ÉDITH PIAF

Ven mi corazón, ven a escuchar este secreto escondido en una canción llorando.

VINICIUS DE MORAES

Todas las grandes pasiones son desesperadas.

SÁNDOR MÁRAI

Me llamo Malik Aziz.

Tengo la piel morena y el pelo negro y rizado. Pronto cumpliré treinta años. Estoy escaneando unas viejas fotos en blanco y negro, sentado delante de mi mesa repleta de papeles, CD, libros desordenados y unas cuantas fotografías amarillentas que van apareciendo en la gran pantalla de mi Mac a medida que las escaneo. La habitación está levemente iluminada y escucho una canción de Melody Gardot. Tomo notas en función de lo que me sugieren las imágenes. Veo grupos de jóvenes, varios hombres y una sola mujer, cuya figura se repite en solitario con diversos paisajes de fondo. Es muy atractiva. Su aspecto me recuerda a las protagonistas de las películas de los cineastas franceses de la Nouvelle Vague. Podría ser actriz de Resnais, Malle, Truffaut o Godard. A mi espalda, colgado en la pared, he enmarcado un gran cartel con la siguiente leyenda en letras negras sobre el rostro femenino difuminado en color sepia. Esa belleza es mi madre:

Hay un momento en la vida
en el que te das cuenta de
quién es importante para ti,
quién nunca lo fue,
quién ya no lo es
y quién lo será para siempre.

1

No he conseguido que mi madre me diga la verdad. Miente cada vez que me habla de lo que hacía antes de que yo naciera. Intenta hacerme creer que toda su vida se ha limitado a ser la madre de Malik Aziz, como si no hubiera existido antes de que yo viniera al mundo. Cuántas veces he tenido la tentación de interrumpir la farsa, de advertirle que sé perfectamente que su papel de madre es solo uno de los muchos que ha interpretado a lo largo de su vida. Ni siquiera ha sido el papel principal y supongo que tampoco su preferido.

Mi madre se llama Muriel Blanco y ha sido galardonada con un premio que lleva el nombre de Estanislao Arenal. Se lo han concedido por su dilatada y exitosa vida como reportera. Los responsables de la Fundación de Estanislao Arenal, un gran periodista ya desaparecido, me han encargado que realice un vídeo sobre él para proyectarlo durante la fiesta de la entrega del premio. Es mi trabajo, me dedico al cine, pero no trato de engañar a nadie: he conseguido el encargo gracias a la ayuda de mamá. En las copias de las fotografías que ella me ha dejado —la mayoría de ellas del archivo del diario *El Hispano* en el que coincidieron los personajes de esta historia—, he marcado con un círculo rojo a los que aparecerán en el vídeo. Son poco más de media docena, porque el resto ya no está en este mundo. En una de ellas se encuentran casi todos. Mi madre está en medio, como una diosa, y a su lado Estanislao Arenal, el célebre Tanis, del que sus compañeros hablan como si fuera un héroe. Amarrada a su brazo está su novia oficial, Carmela Rubio; y detrás aparecen Pedro Vidal y Santiago Soler, jerarcas del periódico, dueños del capital, dos tipos de trayectoria sospechosa de los que mi madre apenas quiere hablar. A su izquierda está mi padre y junto a ambos, entremezclados con una serie de gente que desconozco, la pareja formada por Héctor López y Paloma Ríos. La foto la tomaron en la calle, delante de la fachada del café Gijón, después de un acontecimiento que no recuerdo. Un documento gráfico que no tendría mayor importancia si no fuera porque casualmente reúne a los que he citado, imprescindibles en la película, testigos y protagonistas de la época que vivió mi madre antes de que yo naciera.

Para mi sorpresa, se mostraron muy amables conmigo y no pusieron ningún impedimento a la hora de grabar su testimonio. Conseguí todas las entrevistas, excepto dos. Una, la de Santiago Soler, artífice del hundimiento del periódico, a quien los demás aún ven como un peligroso intrigante; al pobre, por decir algo, un cáncer terminal le tenía muy postrado. Otra, porque no pude contactar con ella, Paloma Ríos, una antigua novia del doctor Héctor López, íntimo amigo de Tanis. Ambos salieron tarifando con él. Por ese motivo puse especial empeño en encontrarlos, porque estaba convencido de que me darían una versión menos edulcorada del personaje y me hablarían sin miramientos de mi madre.

No me es fácil imaginar las relaciones que pudo tener con las personas que la rodean en esta foto. Imposible saber la verdad. Se refieren a aquellos tiempos como si todos ellos hubieran desempeñado un papel esencial; como si el destino les hubiera reservado un lugar estratégico en la historia; como si fueran los héroes fundamentales de la resistencia contra la dictadura. ¿Hay algo de realidad o es solo un espejismo creado por los efectos alucinógenos que produce la nostalgia de la juventud?

No me creo la mitad de lo que cuentan. No pretendo subestimarlos, pero detesto la solemnidad con la que hablan del pasado. Los hombres, por lo general, son más vanidosos y tienen peor memoria que las mujeres, así que sus relatos no suelen ser tan interesantes. A las mujeres, al menos, les entran pequeños arrebatos de humildad y en algunas ocasiones se lamentan de lo poco que hicieron. Tres de ellas tienen un morbo especial, porque se rumoreaba que estuvieron liadas con Tanis a la vez, aunque me da la impresión de que, en aquel momento, ninguna estaba al tanto. He mencionado solo a dos. Me falta la tercera. Una es Carmela Rubio, periodista y novia de Tanis o, al menos, la principal; la que heredó sus papeles y sus reliquias y ostenta la condición de viuda a los ojos del mundo. La otra, Paloma Ríos, de cuyo paradero nadie quiere informarme y de quien no encuentro rastro ni siquiera en internet. La tercera, la guapa Anita Cruz, la doctora que se exilió en París durante mucho tiempo y que acompañó a Tanis en su último viaje. Respecto al periódico del que cuentan tantas proezas, tengo mi propia versión o, para ser más preciso, la de otro testigo. El mes pasado tuve que viajar a París para hacerle unas fotos a un viejo anarquista sesentón, algo mayor que mi madre, que trabajó en aquella época para *El Hispano* y renegaba de todos sus compañeros. Me invitó a tomar un café en su estudio de la rue du Temple, un lugar sucio y atiborrado de infinitos objetos: ceniceros apestosos rebosantes de colillas, maquetas de barcos, botellas vacías, velas pringosas con churretes de cera, caracolas polvorientas, libros, carteles, cuadros, revistas y periódicos que no dejaban ver ni un milímetro del suelo o la pared. El viejo anarquista, de profesión ilustrador, firmaba en aquella época como Liberto. Supongo que tampoco será un tipo de fiar y estará resentido con la humanidad, pero lo que me dijo era tan desconcertante como que el periódico supuestamente heroico en el que trabajaban mi madre y sus amigos tenía un pasado turbio.

Me tomé la molestia de comprobarlo. Sus antiguos propietarios eran republicanos y, tras la guerra, les expropiaron todos sus bienes, incluida la cabecera del periódico que, para mayor escarnio, se transformó en *El Hispano,* el portavoz de la derecha más rancia. Según Liberto, durante muchos años aquello fue un nido de fascistas y trincones, que vivían subvencionados por el régimen franquista. Como eran malos profesionales y pésimos gestores, se cargaron el diario y agotaron el fondo de reptiles, así que tuvieron que donarlo al mejor postor y es ahí cuando se adueñó de él una facción de renegados que se conjuraron contra los prebostes de la dictadura agonizante. Los dos amigos de mi madre —Santiago Soler y Pedro Vidal— apoyaron a la empresa, incluso compraron acciones, con la intención de asegurarse su futuro personal y hacerse con el poder en la monarquía posfranquista, y, después de su incursión, contrataron a una banda de jóvenes inexpertos, ilusos compañeros de viaje que se creyeron unos salvapatrias y no eran más que una simple coartada para renovar la imagen de una redacción apolillada donde vagaban como fantasmas un puñado de viejos redactores de colmillo retorcido. Los utilizaron de kamikazes para socavar los últimos vestigios que quedaban de aquel sistema decrépito y corrupto, sin derribarlo del todo, para aprovechar los cimientos en su propio beneficio.

Lo repito tal como me lo contó el viejo ilustrador que pasó por allí, aunque él dice no acordarse de ningún joven, ni siquiera de mi madre, porque trataba solo con el redactor jefe, que, según lo describió, era un señorito crápula con bigotito a la moda fascista. Ponía en duda que los nuevos redactores creyeran que aquello tenía un objetivo digno. De haber sido así, los engañaron como a chinos. La prueba es que, al fracasar el periódico, se deshicieron de todos los jóvenes y, cuando vendieron el edificio, no les pagaron ni una peseta de la prometida indemnización. Liberto atribuyó a Santiago Soler la brillante idea de la demolición física a modo de traca final. Me parecía una imagen muy potente para iniciar con ella el documental. Abriría con las afligidas y lacrimógenas caras de los redactores en primer plano, perfiladas sobre las ruinas cubiertas de un polvo gris y el frontispicio donde surgen las letras resquebrajadas de *El Hispano*. A continuación de los títulos de crédito, aparecería mi madre para recoger el premio.

Cuando escuché la primera grabación de mi madre, apenas presté atención al contenido, porque me quedé absorto mirándola a la cara y tratando de imaginar cómo sería a los veinte años. Me gustaría saber cómo era realmente antes de que yo existiera, si nos parecíamos en algo, cómo logró sobrevivir en medio de tanta impostura. Eso es lo que estaba pensando mientras la grababa. Lo que hubiera dado por conocer la verdad y no esa sarta de fantasías que me estaba contando mi madre mientras se dirigía a la cámara con mucha profesionalidad. Me tomaré el tiempo que haga falta para conseguirlo, pero juro que no voy a dejar el trabajo a medias. Soy un Aziz, mal que a muchos les pese, y lo único que me dejó mi padre es su apellido y su tenacidad. Era un hombre muy perseverante, según me aseguró Carmela, que al parecer le conocía bien. Carmela y mi madre eran buenas amigas, aunque sospecho que no lo fueron tanto como dicen. Me contó que mi padre era íntimo de Tanis hasta que un día tuvieron un enfrentamiento y dejaron de verse durante mucho tiempo. Nadie me lo ha dicho, pero puestos a buscar el motivo del enfado, imagino que mi madre bien pudo estar en el centro.

2

Mi hijo, Malik, se dispuso a grabar mi testimonio, y antes de mirar a través del objetivo de la cámara me pidió brevedad: no podía alargarme más de dos o tres minutos, porque tenía que reducir a menos de media hora otros tantos testimonios de conocidos de Tanis, así que me pedía, por favor, que midiera bien mis palabras para facilitarle la labor de montaje.

—Adelante, mamá. Cuenta hasta cinco y empieza a hablar.

La mirada inquisitiva de mi hijo me incomodaba tanto que no sabía por dónde comenzar. Me hubiera gustado contarle mi primer encuentro con Tanis, pero me daba vergüenza entrar en detalles y no sabía hacerlo de manera aséptica. Aunque sucedió hace varias décadas, nunca olvidaré aquella partida de *flipper* en el bar de enfrente del periódico...

Estaba esperando a que llegase mi amigo Pedro. Me ponía muy tensa cuando jugaba. Mi concentración era máxima y no reparé en que un hombre de unos treinta años, moreno y con barba, se me acercaba muy decidido. Me asusté al sentir el roce de sus labios sobre mi oreja.

—Juegas muy bien —me dijo—, pero yo juego mejor. Cuando quieras, echamos una partida y verás como te gano.

Me irritó su arrogancia, pero me gustó mucho su voz. Aun así le pedí que no me molestase, que me dejase en paz. Obedeció y se fue a la barra.

Estaba a punto de terminar la partida cuando apareció Pedro.

—¿Te pido una caña, Muriel? —me dijo—. Tranquila, no te quiero distraer.

Terminé la jugada con un estrépito de timbres y campanas y el resplandor de las luces de colores que se encendían y apagaban alternativamente bajo el cristal del tablero de juego. Mientras saboreaba el triunfo, lancé una mirada pendenciera a mi retador. Entonces Pedro se acercó y me lo presentó:

—Estanislao Arenal, *Tanis*, el periodista más grande de España y parte del extranjero. Aquí tienes a Muriel Blanco, la mejor fotógrafa de arte del mundo.

—Ya nos conocemos, ¿verdad? —afirmó el supuesto periodista más grande de España y parte del extranjero.

—Sí —me dirigí a mi amigo, sin apartar la mirada de Tanis—. Hace un instante ha tenido la desfachatez de retarme al *flipper*.

—Estás loco, Tanis, no hay quien gane a esta mujer. Es una maniaca del *pinball*—le advirtió Pedro.

—Yo no estaría tan seguro. De todas formas, merecerá la pena intentarlo, Muriel. Por cierto, me gusta tu nombre.

Tomamos un par de cañas y yo apenas abrí la boca. La

presencia de Tanis me intimidaba. Sentía que me taladraba con la mirada. Era, sin duda, arrogante, insolente y embaucador; pero tenía un modo de hablar dulce y meloso. No es que fuera guapo, aunque me gustaba el brillo de sus ojos, el movimiento de sus flacas y renegridas manos, su olor fresco a jabón y su voz. Sobre todo su voz, con esa cálida entonación infantil que ponía mientras narraba la que parecía ser una de sus múltiples proezas. Había regresado de Irak el día anterior y estaba contando un incidente que tuvo en Bagdad, y lo hacía de un modo tan cautivador que parecía la mismísima Scherezade de *Las mil y una noches.* Describía la ciudad como si aún conservara el esplendor y la gloria de los tiempos del califa Harún al-Rashid. Hasta el camarero estaba embobado con el cuento. Al fin terminó el relato y, de pronto, regresó al prosaico Madrid.

—Carmela hará una cena esta noche en mi casa. Cocina de muerte, ¿verdad, Pedro? ¿Por qué no os apuntáis?

—Cierto. Es una excelente cocinera —asintió Pedro—. ¿Te apetece, Muriel?

—¿Por qué no? —acepté a toda prisa. «Quizá demasiado rápido», pensé al instante.

Fue la primera mañana que pasé con él y me hubiera quedado más tiempo en la barra de aquel bar. Pedro, que había percibido mi actitud pasmada, decidió cortar por lo sano tras la sexta ronda de cañas. Me tomó por un brazo y me alejó de allí, interrumpiendo el prematuro idilio que habíamos iniciado delante de sus narices. Nunca me había visto escuchar tan embobada las fantasías de un extraño. Creo que dudó si rechazar la invitación a la cena, pero supongo que luego pensó que estaba exagerando, que probablemente mi embeleso se debía a los efectos de las repetidas rondas de cerveza. Tanis nos dejó partir con la sonrisa triunfal del que se había cobrado una nueva pieza.

—A ti te pasa algo raro —me dijo Pedro cuando nos alejamos unos metros de la puerta del bar.

—A mí nada. ¿Y a ti? ¿Te pasa algo? —le respondí.

—Que estoy celoso.

—Celoso y un poco gilipollas.

—Tal vez...

Estas son las cosas que no puedo contar a mi hijo, porque podría pensar que tuve un lío con Pedro Vidal y nada más lejos de la realidad. Es cierto que él me adoraba y yo, de alguna forma, me dejaba proteger, porque era un tipo que tenía relaciones y contactos muy interesantes. Nos habían presentado unos meses antes en la galería de arte para la que yo hacía algunos trabajos esporádicos. Pedro era conocido de los dueños, quién sabe si socio, y una tarde que yo estaba instalando el trípode y los focos para fotografiar unos cuadros, apareció él con unos grabados para tasarlos. Se ofreció a echarme una mano con los focos y estuvimos charlando un buen rato. Ese mismo día nos hicimos amigos.

Éramos jóvenes los dos, aunque nos llevábamos unos diez años. Yo había cumplido los veintiuno y Pedro pasaba de los treinta. Entonces la diferencia de edad me parecía abismal. Yo era solo una jovencita inexperta frente a todo un hombre lleno de experiencia en el mundo del arte, los negocios y la política. Creo que mi relación era muy interesada. Enseguida pensé que él tenía la llave para abrirme muchas puertas, entre otras la de los ambientes artísticos que tanto me interesaban en aquella época.

Lo único desagradable era relacionarme con determinados amigos de Pedro que formaban parte de una extraña oposición al franquismo. No me parecían trigo limpio, sino oportunistas que aprovechaban el final de la dictadura para situarse en un buen puesto de cara al futuro que estaba a punto de comenzar. Eran señoritos de la calle Serrano. No me encajaban sus *blazers* de botones dorados y pañuelito en el bolsillo con un discurso izquierdista que a mí me resultaba bastante sospechoso. Pedro Vidal nunca había militado en ningún partido de izquierda, pero había establecido buenas relaciones con los dirigentes de la oposición clandestina. Lo que me parecía novedoso es que hablase siempre de una transición pacífica de la dictadura a la democracia. Su discurso era insólito entre mis compañeros de la Facultad de Filosofía y Letras. Nos pasábamos los días quemando banderas americanas y, ya que no era fácil protestar contra lo de dentro, nos consolábamos organizando manifestaciones más o menos toleradas contra las guerras de fuera. Unos cuantos amigos me dijeron que Pedro era un tipo sospechoso y que tuviese cuidado con él porque tenía pinta de ser confidente de la policía, aunque la historia de ese rumor tenía más recorrido incluso del que ellos creían.

Ahora, al cabo del tiempo, la versión que Liberto por lo visto le ha dado a mi hijo sobre el periódico me parece muy cierta. Pedro y sus amigos fueron unos oportunistas que se situaron en la posición adecuada, no para derribar un régimen que se desmoronaba, sino para repartirse provechosamente los restos. Y nosotros, con Tanis a la cabeza, una cuadrilla de jóvenes ingenuos e idealistas que nos creíamos eficaces defensores de la sacrosanta libertad de expresión. Ese es el verdadero trasfondo de la historia que la nostalgia nos hizo reconstruir de una manera artificiosa. La realidad es que nos tomaron el pelo.

3

Soy incapaz de hablarle a mi hijo de lo que sucedió la primera noche que pasé en casa de Tanis. No puedo decirle la verdad. Vivía frente al parque del Retiro, en un quinto de un bloque de ladrillo rojo y moqueta en la entrada. Recuerdo perfectamente el interior del edificio. Pedro había comprado unos vinos excelentes y una caja de botellas de champán para los postres. Nos las prometíamos muy felices hasta que llegamos al apartamento, llamamos al timbre y comprobamos que no sonaba, porque Tanis, según me explicó Pedro, estaba sin un duro y la compañía de la luz le había cortado el suministro por no pagar los recibos. Le sucedía con frecuencia. No era raro que se quedase sin luz, sin teléfono y sin gas. El propietario del piso, al que debía varios meses de alquiler, era un amigo multimillonario y por eso no le echaba. Golpeamos varias veces la puerta hasta que nos abrió su novia.

—Carmela, te presento a mi amiga Muriel —dijo Pedro en mitad de la penumbra—. Es una estupenda fotógrafa.

Enseguida apareció Tanis con un paño de cocina anudado en la cintura y un trapo en la mano.

—Me habéis pillado secando los platos que, por desgracia, no vamos a usar. La pobre Carmela no ha podido encender el horno para cocinar su lasaña de berenjenas. Si vuelve la luz, lo hará. Todavía estamos a tiempo.

Me besó por primera vez y me invitó a sentarme a su lado.

—Pedro, abre ahora mismo una botella, que vamos a brindar.

Nos sentamos alrededor de una mesa alumbrada con la luz de unas velas dispuestas para la ocasión. Era muy romántico, pero lamentamos que no hubiese hielos ni tampoco funcionase la nevera para mantener frío el champán. Por eso decidimos beberlo en ese momento, tal como estaba. Al fin y al cabo, el vino podía esperar. Acompañados tan solo por unos cacahuetes y unas patatas fritas —lo único comestible que había en la casa—, nos liquidamos las tres botellas de champán en una hora, con la disculpa de que hubiera sido un desperdicio dejar que se calentara, pues Pedro había tenido la precaución de llevarlo frío. Y luego, más lentamente, dimos cuenta del vino.

Enseguida caí como un fardo y me quedé medio dormida sobre un sofá cama que había en la salita contigua a la cocina. Escuché a Tanis y Carmela enzarzados en una necia discusión sobre quién tenía la culpa de que estuviéramos sin luz. Carmela le reprochaba lo mal que administraba sus escasos ingresos, su falta de previsión al no pagar los recibos a tiempo y el grado de abandono de la casa. Por lo visto él no quería que nadie se ocupara de limpiarla; ni siquiera permitía que ella le echase una mano, es más, no le dejaba las llaves cuando se iba de viaje.

—¿Y sabes por qué no? —preguntó Carmela, supongo que dirigiéndose a Pedro—. Porque quiere mantenerme a una distancia prudencial, porque sabrás que yo no pinto nada, porque soy una más entre las muchas mujeres que pasan por su vida y, sobre todo, que visitan esta casa infecta.

—Pues si tanto detestas mi casa y mi vida, creo que estás en el lugar y el momento equivocados —le respondió Tanis.

Ella cogió sus cosas y se dirigió a la puerta. A pesar de los gritos, yo me hice la dormida porque la situación era demasiado violenta. Carmela sollozaba y se movía con torpeza, pero decidida a poner tierra de por medio. Pedro se ofreció para llevarla a su casa en un taxi, porque según dijo no quería que anduviera sola por las calles a esas horas de la madrugada. Se acercó con la intención de que me levantase para que me fuera con ellos, pero yo hice ademán de no tenerme en pie. Todos estábamos demasiado bebidos. Pronto desistió.

—Déjala. Está frita.

Entre Tanis y Pedro me quitaron los zapatos y me dejaron en el sofá tapada con una manta. Le oí decir que volvería a buscarme después de dejar a Carmela, pero Tanis se comprometió a acompañarme cuando me despertara.

—Aquí la dejo. No puedo con las dos —dijo Pedro.

En ningún momento me quedé profundamente dormida. Traspuesta sí, afectada por el alcohol, un poco achispada o quizá borracha perdida. Por eso me derrumbé en el sofá, adormecida por la conversación de fondo y, sobre todo, por la voz de Tanis. Pensaba, además, en sus brazos musculosos, en su piel oscura, y me encendía por momentos. Me sentí feliz cuando Tanis me tapó con la manta, mientras escuchaba cómo le prometía a Pedro que me llevaría a su casa cuando despertara. Sabía que no era su intención, que, en realidad, quería quedarse a solas conmigo en el apartamento. Lo había notado por sus gestos y por la manera de mirarme mientras bebíamos. Estuve todo el tiempo deseando que Pedro y Carmela se largasen cuanto antes.

El olor que desprendían las colillas mezcladas con la cera de las velas consumidas era insoportable. Tenía las manos heladas, aunque me ardía el cuerpo por dentro. Estaba ansiosa por estar a su lado y enrollarme en las piernas de Tanis. Odiaba a Pedro cada vez que volvía a rellenar su copa y alargaba la charla sin necesidad alguna con la esperanza de que me despertase para sacarme de allí, porque temía lo que iba a suceder.

Unos segundos después de oír el portazo que dio Carmela, Tanis se acercó a mí, retiró la manta del sofá y me cogió en sus brazos para depositarme con enorme delicadeza en la gran cama del dormitorio. A pesar de que yo simulaba estar desvanecida, me agarré a su cuello como un koala. Cuando me desplomó sobre la cama me di cuenta de que las sábanas estaban arrugadas y no olían lo que se dice a limpio, aunque, en aquellos momentos, poco me importaba. Mientras me desnudaba, empecé a temblar.

—¿Tienes frío? —me preguntó.

No quise responder. Encogí las piernas, permanecí muy quieta, sin abrir los ojos, y me dejé hacer. Tanis se acurrucó a mi lado, sin quitarse la camisa, y emprendió su tarea con absoluta calma. Al ritmo de cada caricia me susurraba algo al oído y yo me iba encendiendo poco a poco. Y así, a susurros, logró que acabara suplicándole que se quedara en silencio. Hasta que sentí, por fin, el peso de su cuerpo caliente caer sobre el mío y pararon los escalofríos. Y así pasamos toda la noche, hasta el amanecer.

La luz del día dejó al descubierto el desorden de aquella habitación en la que había sido tan feliz. Se amontonaba una buena capa de polvo sobre las revistas y los libros esparcidos por el dormitorio. Las sábanas de la cama se veían amarillentas; la encimera de la cocina, atiborrada de platos impregnados de restos malolientes de comida; el fregadero acogía una pila de cacharros que impedían abrir el grifo; la madera del suelo del pasillo y del saloncito estaba pringosa, y la bañera tenía un buen cerco de mugre. Allí nos duchamos juntos, por primera vez, embadurnándonos con un jabón de piezas de colores que parecía un puzle y que seguí utilizando después de abandonar a Tanis, o de que Tanis me abandonase a mí. Me frotaba el cuerpo con aquel jabón multicolor, barato y de olor intenso para prolongar su recuerdo. Ese primer día estaba tan arrebatada que no me preocupó poner los pies en una bañera roñosa ni restregarme por las sábanas sucias; ni siquiera me di cuenta de que estaban salpicadas de diminutos puntitos negruzcos.

En aquella época practicábamos el sexo sin ningún tipo de precaución. ¡Qué insensatos! Los hombres solo usaban condones con las putas, porque si se trataba de una mujer cercana, más o menos conocida, era de mal gusto ponerse la goma. Se daba por hecho que ninguno de los dos teníamos enfermedades venéreas, bastaba la palabra dada, y eran muy raros los casos de contagio, a no ser que el hombre frecuentase los prostíbulos, costumbre poco arraigada en los ambientes universitarios donde, tanto unos como otras, recién liberados de viejas represiones, nos mezclábamos con mucha alegría. La sífilis estaba prácticamente erradicada y ni siquiera existía el sida, así que éramos más bien promiscuos y despreocupados.

Después de la ducha, fuimos a desayunar a una cafetería cercana llamada Galatea. Nos sentamos juntos y tomamos unos sorbos de café, mientras nos toqueteábamos y nos mirábamos a los ojos. Apenas abrimos la boca, y cuando llegó el inevitable momento de separarnos nos costó un enorme esfuerzo. Yo me había quedado con ganas de más.

4

Tanis me había dicho que Pedro y él tenían una cita importante en la embajada de Egipto, así que nos veríamos después, para comer o cenar juntos o, por qué no, ambas cosas. Apuntó mi número de teléfono y se despidió de mí.

—En cuanto salga de la embajada, preciosa, te llamo para concretar el sitio.

Mientras esperaba en mi casa, pegada al teléfono, pendiente de su llamada, sentía un ligero picor en ciertas zonas del cuerpo. Lo achaqué a que el jabón me había producido una leve irritación. Como tenía la piel sensible, procuraba no cambiar los productos de baño para evitar las reacciones alérgicas. En un principio no le di importancia, pero a medida que avanzaba la mañana el picor era más desagradable. Decidí ducharme por segunda vez para darme mi crema hidratante y ponerme una ropa más holgada que evitase el roce con el cuerpo, y al desnudarme en el baño me di cuenta de que tenía los muslos enrojecidos. Me acerqué al espejo y comprobé que también tenía la cara irritada y, sobre todo, el cuello. Normal después de una noche de pasión, más aún cuando mi pareja, como era el caso, llevaba barba. Pero, los muslos...

Me aproximé a la luz y pegué un grito de espanto al descubrir que docenas de repugnantes y diminutos bichitos parduzcos estaban cómodamente instalados en mi pubis y mis piernas. Suponía que eran insectos, aunque en mi vida había visto semejante clase de... arañas. No, no parecían arañas, quizá chinches o garrapatas. En cualquier caso, aquellas alimañas, fueran lo que fueran, no eran bienvenidas. Me apliqué sobre el área infestada el potente chorro de la ducha a toda presión con la esperanza de fulminarlas, pero los bichos seguían allí, como el dinosaurio de Monterroso, aferrados con toda su rabia. Me sequé. Me daba asco restregar la toalla sobre aquellos bichos que me picaban y me estaban dejando la piel cada vez más enrojecida. ¿A quién preguntar? ¿A quién acudir? No tenía más remedio que consultar a un médico, pero ¿qué clase de médico se ocupa de estos asuntos tan inconfesables? No me atreví a llamar al ginecólogo al que había visitado una sola vez y no conocía a ningún dermatólogo. Me aterraba pensar en la posibilidad de ir a una de esas consultas cuyos anuncios sobre enfermedades venéreas se instalaban en balcones y portales de las callejuelas de los alrededores de la Gran Vía. Juraría haberlos visto en la calle de Jacometrezo. Me espantaba pensar que esos bichos se estuvieran metiendo dentro de mi cuerpo.

Estaba claro que Tanis me había contagiado esa maldita enfermedad y pensé en la posibilidad de llamarle. ¡Qué vergüenza! Ni loca me atrevería a preguntarle. Se me ocurrió, de pronto, consultar el diccionario en busca de la palabra *venérea*: «Dícese de la enfermedad contagiosa que ordinariamente se transmite por el trato carnal». Venereología: «Rama de la ciencia que estudia las enfermedades venéreas, entre otras, la blenorragia, la sífilis, el chancro blando, la gonorrea y la pitiriasis o pediculosis». ¿Pitiriasis? Pues esa palabra tan rara que era la primera vez que leía en mi vida resultó ser lo que había contraído: unas malditas ladillas o piojos púbicos, «criaturas pequeñas de un milímetro, redondas, chatas, de color amarillento, con seis extremidades cuyas terminaciones en forma de pinzas se agarran al área vellosa del pubis, donde ponen sus huevos, aunque también se puede extender por el vello del resto del cuerpo, especialmente el de las axilas, las cejas, las pestañas, las piernas y los brazos. La ladilla se alimenta de sangre y sus picaduras ocasionan un prurito muy molesto...». Estaba a punto de vomitar, pero no me quedaba más remedio que seguir leyendo. «Tratamiento: existen cremas, champús y lociones que contienen hexacloruro de benceno gamma o permetrina y que son eficaces mientras se usen correctamente. Aunque el parásito vive poco tiempo separado del cuerpo, conviene desinfectar sábanas, toallas y ropas.»

¿Me lo venderían en la farmacia sin someterme a un incómodo interrogatorio? Lo mejor sería que lo comprase un hombre, pero era imposible pedirle a Pedro que me hiciera ese favor. Tenía que hablarle a Tanis de los piojos, al menos, para que fumigase esa casa infecta. Quizá no lo admitiese. Quizá se enfadara conmigo. En realidad, apenas nos conocíamos. Me daba miedo su reacción. Lo de las ladillas era pavoroso, un pésimo inicio, pero no había calmado ni un ápice mi pasión por el hombre con el que había pasado las últimas horas.

5

La primera llamada que recibí no fue de Tanis, sino de Pedro. Parecía muy interesado en saber cómo terminó la noche.

—Buenos días, Muriel. Acabo de dejar a Tanis en el periódico. A primera hora hemos tenido una cita en la embajada de Egipto y, en contra de mis pronósticos, se ha presentado puntual, fresco, duchado y repeinado, sin rastro de haber pasado una mala noche. ¿Y tú cómo andas?

Tuve que mentirle.

—Me desperté enseguida y, por lo visto, te acababas de ir. Tanis me acompañó a coger un taxi y me fui a casa. He dormido como un lirón y me encuentro muy bien. —Durante un instante dudé si pedirle que fuera a la farmacia, pero no lo hice.

—¡Qué suerte! Yo tengo una resaca terrible. ¿Vas a venir a comer con nosotros?

—¿Quiénes sois vosotros? —quise saber.

—Bashir, Carmela, Tanis y yo.

—¿Quién es Bashir?

—Un amigo de la Organización para la Liberación de

Palestina. Nos invita a Ararad, el restaurante de la calle Costa Rica. ¿Te gusta la comida árabe?

—Sí, pero no sé si iré. Estoy esperando una llamada —respondí intentando escabullirme.

—Si quieres, voy a buscarte.

—Tal vez. Luego hablamos.

Me indignaba tener que compartir mesa con esa mujer. ¿No se habían cabreado Tanis y ella la noche anterior? Lo último que quería era jugar a las parejas. Yo con Pedro y Tanis con Carmela. Tomé la decisión de no ir para emplearme a fondo en la erradicación de los bichos. Sonó el teléfono por segunda vez. Era Tanis. Estaba en el periódico y me confirmó los planes. Comida en Ararad con los compañeros del periódico, más el tal Bashir.

—Ya verás, es un gran tipo. Seguro que os caéis bien.

Me sentí incapaz de decirle que no. Indignada conmigo misma por mi falta de voluntad, bajé a la calle a los pocos minutos para buscar un taxi que me llevase al restaurante. Cuando llegué, ya estaban todos sentados en torno a una mesa redonda. Me habían dejado un sitio libre, entre Pedro y Bashir, frente a Carmela y Tanis, que ni siquiera tuvo el detalle de levantarse para saludarme. Estaba rabiosa. Intenté disimular mi indignación, pero me sentía tan desazonada por fuera como por dentro, y no pude responder a Bashir con una sonrisa cuando se puso en pie y me besó la mano.

—Me habían hablado de tus fotos, pero no de tu belleza. Soy Bashir Aziz, he oído hablar mucho de ti, Muriel.

—¿Ah, sí? —respondí escéptica.

—Pues, sí, Pedro te ha puesto por las nubes, pero no me dijo que te parecieses tanto a Marie Laforêt.

—Creo que es más guapa nuestra Muriel —se apresuró a responder Pedro con evidente entusiasmo.

—Laforêt es una belleza, pero no me gustan sus películas —comentó Tanis con cierta distancia, para mi disgusto.

—Me fascina. Y aún más cuando canta —dijo Bashir—, pero, de todos modos, no me creo que no te gustase *A pleno sol.*

—Me has puesto el peor ejemplo. Me pareció una pésima adaptación de la novela. Odio al facha de Delon —respondió Tanis— y detesto cómo interpreta a Mister Ripley.

Mi desesperación iba en aumento. A pesar de sentirme halagada por Bashir, pensé que no podía perder la oportunidad de demostrarle a Tanis mi ira contenida y me dirigí a él con una mirada incendiaria.

—Será todo lo facha que quieras, pero es el tío más guapo del mundo.

—¡Vaya! Nunca pude imaginar que a una chica como tú le gustasen los chulos como ese.

—¿No? Pues no sé cómo no te has dado cuenta de los tipos que nos gustan a las chicas como yo.

Nadie entendía el motivo de esa repentina tensión, excepto Tanis, que trataba de disimular con una sonrisa irónica.

—Será que soy algo ingenuo.

—Y un poco envidioso. —No me daba por satisfecha.

—Bueno, chicos —interrumpió Bashir—, no entiendo cómo Delon puede levantar tantas pasiones. A mí la que me gusta es Marie Laforêt y, por supuesto, Muriel. Estoy encantado de que hayas venido, ¡y de que seas tan vehemente! Pedro, espero que me disculpes, pero hoy serás mi invitada de honor —dijo mientras me rodeaba con el brazo.

¿Por qué ese imbécil adulador tenía que pedir disculpas a Pedro en vez de dirigirse a Tanis, que era mi amante? Es cierto que le acababa de conocer, pero nadie sabía que me había dejado una huella traumática en todos los sentidos. Y encima Carmela, aunque callada e insignificante como una mosquita muerta, parecía complacida con la estúpida discusión.

Mientras recuerdo aquella irritante comida en Ararad, pienso de nuevo en cómo hablarle a mi hijo de Tanis. Tardé en darme cuenta de que ese fue, precisamente, el día que conocí a Bashir, el que unos años después sería su padre. Lo asombroso no era que entonces Bashir no me importase lo más mínimo, sino que incluso después de tantos años, al pensar en la reunión, seguía siendo Tanis el que ocupaba toda la escena, y no mi futuro marido. No, la versión que le daría a mi hijo se alejaba un poco de la realidad.

Le contaría que me aficioné a la comida árabe gracias a Bashir y que, a partir de entonces, fuimos juntos infinidad de veces a Ararad. Era nuestro lugar de encuentro y de celebraciones. Incluso aprendí a hacer *hummus, tabule, falafel* y un delicioso kebab al horno. Malik se acostumbró desde niño a tomar la crema de yogur con pepino, ajo y hierbabuena y al intenso sabor del cilantro, la cúrcuma y el comino. En nuestra casa de París siempre había *tahina,* hojas de parra, dátiles, pasas, piñones, sésamo y pan de pita, en vez de la tradicional *baguette.*

Pensé que sería un buen momento para hablar a Malik de su padre. Decirle que me había enamorado de Bashir porque era un tipo inteligente, culto y refinado. Contarle, tal y como su padre me había contado a mí, que nació en Yenín, un pueblecito agrícola situado a orillas del río Jordán, al norte de la Palestina ocupada. Que su abuelo, el de Malik, era un humilde campesino que trabajó toda su vida en un pequeño terreno arrendado, hasta que en 1967 el ejército israelí ganó la guerra de los Seis Días y ocupó Cisjordania. Bashir, que ya militaba en Al-Fatah, la organización guerrillera que formaba parte de la OLP, logró abandonar el pueblo antes de que entrasen las tropas israelíes. Y al no encontrarle, los soldados, como represalia, encarcelaron a sus hermanos y demolieron la casa de su familia. A partir de entonces, sus padres se instalaron en el campamento de Yenín erigido sobre una colina a las afueras de la ciudad para albergar a unos miles de refugiados de Haifa y otras poblaciones de los alrededores que habían huido tras la proclamación del Estado de Israel.

Así que Bashir no tuvo más remedio que convertirse en un nómada y vivir en el exilio, como tantos otros a los que expulsaron de sus tierras. Aquel campamento en el que vivía el resto de la familia se convirtió en un bastión de la resistencia palestina. Los soldados israelíes entraban en la zona y los palestinos se sentían justificados a responder con atentados terroristas. Ambos hicieron oídos sordos a las llamadas a la calma de la comunidad internacional. En marzo de 2002, el ejército israelí respondió a las provocaciones con una operación militar en Cisjordania llamada Escudo Defensivo, que llevó a cabo una terrible matanza en el campo de refugiados. El Gobierno de Israel justificó la agresión alegando que los palestinos planeaban nuevos atentados. Y estos, a su vez, denunciaron ataques indiscriminados. Los supervivientes habían sido sometidos a un estado de sitio inhumano. El Gobierno de Tel Aviv trató de ocultar al mundo las consecuencias de aquella operación militar, pero se supo parte de la verdad a través del testimonio de los que pudieron salir con vida.

Bashir ya había regresado a Jerusalén y logró hablar

con uno de sus hermanos. Sabía que su familia estaba pasándolo muy mal, sin agua potable, sin abastecimiento y sin materiales de primeros auxilios. La gente aguantó como pudo el cerco y se negó a abandonar el lugar. Su hermano le contó que estuvieron bombardeando a la población durante diez días seguidos, que abrieron fuego contra todo lo que se movía y que causaron centenares de muertos y heridos, aunque era imposible saber con exactitud el número de víctimas porque recogían los cadáveres y se los llevaban en camiones para enterrarlos en fosas comunes alejadas del campamento. Confirmó los hechos el informe de Naciones Unidas, en el que se denunciaba que los palestinos tampoco habían respetado la Convención de Ginebra al instalar sus defensas militares en una zona muy densa de población civil. Fue un escándalo mundial, pero Israel impidió que las organizaciones humanitarias tuvieran acceso al campamento para llevar a cabo una investigación detallada. Y con el apoyo del Gobierno de Washington, logró que la nueva resolución del Consejo de Seguridad de Naciones Unidas quedase en papel mojado. Tel Aviv no permitió la entrada a Yenín de los enviados de la ONU.

Ni siquiera les dejaron remover los escombros y desenterrar los cadáveres acumulados en aquellas zanjas, pero el mundo tuvo noticias de la matanza, porque las organizaciones de la resistencia hicieron su propio informe con el testimonio de los supervivientes.

Ya entonces Bashir formaba parte del Gobierno de la Autoridad Palestina en Ramala y se encargó personalmente de que la investigación llegase a manos del secretario general de la ONU. El informe precisaba el número de muertos y aportaba pruebas de que habían impedido la ayuda a los heridos, atacado a las ambulancias que lograban traspasar el cerco y empleado a los civiles como escudos humanos. Las tropas israelíes habían violado el derecho internacional más allá de lo imaginable. Desde entonces, Bashir Aziz fue declarado enemigo número uno del Estado de Israel. Había llegado el momento de contar esta historia a nuestro hijo.

6

Me fastidia que mi madre haya estado liada con cualquiera de los que aparecen en las fotografías, aunque aún no sé bien hasta dónde llegó su relación con cada uno de ellos.

Detesto que en su juventud haya formado parte de ese ambiente. Cuanto más me acerco a aquella época, menos la reconozco. Aunque considero que es imposible conocer realmente a una madre, sobre todo, cuando no existe un padre para establecer alguna referencia. Que apenas me haya hablado de él, que ni siquiera pronuncie su nombre, es una de las cosas que no le perdono.

Cuando trato de indagar en su pasado, suele responderme que hace ya tanto tiempo de aquello que ni siquiera lo recuerda. Pero sé que no es cierto, que lo recuerda muy bien. Mi padre fue importante para ella; de lo contrario, no lo habría abandonado todo para irse con él. Es lo único que me repitió cuantas veces la pregunté. Después del cierre del periódico todos se dispersaron y mis padres se fueron a vivir a la embajada de la OLP en París. Allí se casaron y estuvieron un tiempo felices. Luego nací yo y enseguida Arafat reclamó a mi padre para que se trasladase a Jerusalén y, a partir de entonces, ya no le volvimos a ver. Mi madre y yo regresamos a Madrid. Nunca me habló mal de mi padre, pero la he oído lamentarse muchas veces de lo solos que nos dejó en momentos difíciles. Es todo lo que sé de su separación.

Presiento que cada vez me parezco más a él y, probablemente, lo que mi madre ha intentado evitar a toda costa es que siga su camino. Lo comprendo, pero no soporto que me mienta. Dice que no ve la necesidad de entrar en detalles sobre determinados episodios de mi infancia. No sé si fueron traumáticos, pero soy yo quien decide si quiere o no conocerlos. Sus evasivas siempre me han confundido. He llegado a pensar que hubo un tiempo en el que me rechazaba por parecerme tanto a él. Cuando de niño se enfadaba conmigo, la regañina solía acabar con un «¡Qué bárbaro, cómo te pareces a tu padre!». Más que con ternura, lo decía con desilusión. Eso es, al menos, lo que yo entendía: que mi padre no merecía ni un buen recuerdo. He vivido demasiado tiempo en la ignorancia. He fingido que compartía su actitud indiferente hacia él hasta el punto de que no me importó su desaparición, pero no es cierto, he sufrido mucho su ausencia. Tuve que hacer un inmenso esfuerzo para no derrumbarme delante de ella cuando me dijo que jamás volveríamos a verle. Por más que haya tratado de impedirlo, le he echado de menos toda mi vida. Me costó mucho asumir que mi padre se había ido para siempre y que, en realidad, para mí es como si no hubiera existido.

Sé que mi madre hizo lo posible por compensar mis carencias infantiles. Ninguno de los hombres que pasaron fugazmente por mi casa —supongo que alguno fue su amante— encajó en nuestras vidas. Es incapaz de aceptar la cantidad de veces que se fue de viaje y me dejó enfermo en manos de cualquiera. A mí, sin embargo, se me quedaron grabadas una a una. Contenía las lágrimas en cuanto la veía hacer el equipaje y meter las cámaras en la maldita maleta negra con remaches plateados que me parecía tan odiosa. Quizá sea injusto, pero siempre he pensado que daba más importancia a su profesión que a su responsabilidad maternal. Así que bien merecido tiene este premio.

Recuerdo lo interminables que se me hacían sus viajes, aunque durasen tres días. Todas las noches rezaba para que mi padre regresara de Jerusalén y se quedase a mi lado. Estaba seguro de que, si rezaba mucho y me portaba bien, él volvería. Sé que ella me quería a su manera y se aferraba a mí —porque en realidad, excepto sus malditas fotografías, no había otra cosa más importante en su vida—, pero me hizo sentir en demasiadas ocasiones el dolor del abandono. No puede imaginarse el daño que me causó. No me solía contar a qué lugares iba, pero sospechaba que todos eran peligrosos. Tenía miedo a que se cayese el avión, le pegasen un tiro o la comiera un cocodrilo. Me imaginaba cualquier tragedia que le impidiera volver conmigo.

Rara vez me esperaba a la salida del colegio, como hacían las madres de los otros niños. Aun estando a su lado, me sentía solo, porque sabía que su compañía sería fugaz. Quizá sea la causa por la que no me he comprometido seriamente con una mujer: por miedo a que se vaya, como se fue mi padre y como se fue mi madre en tantas ocasiones. La quería mucho, los quería a los dos con todas mis fuerzas. Y en el fondo de mi corazón hubiera dado cualquier cosa por verlos juntos otra vez. Como en esa foto donde aparecen tan jóvenes, distinguidos y en apariencia felices: ella con unos bonitos ojos claros y la melena larga, y mi padre con una enorme sonrisa y el pelo tan negro y rizado como el mío. La foto fue tomada en el puerto de Argel, supongo que recién enamorados. Nunca me explicaron por qué nací tantos años después de aquel encuentro. Imagino que no querían tener hijos y que yo vine al mundo por un descuido. Como hijo único hubiera preferido ser el gran acontecimiento de sus vidas, pero tengo la desagradable sensación de que no es el caso.

Espero que mi madre no crea que he aprovechado la oportunidad de este documental para reprocharle su comportamiento. Nada más lejos de mi intención. No he querido juzgarla, sino entenderla. Y contrariamente a lo que quizá piensa, comprenderla para no cometer sus mismos errores y entender mejor mi propia vida. Es posible que aún siga creyendo que fui un niño feliz, pero no sabe hasta qué punto algunos episodios de mi infancia me dejaron malherido. Es verdad que al cabo del tiempo los agravios se olvidan, aunque de vez en cuando necesitamos volver al punto de partida para saber de qué manera sucedieron las cosas y por qué nos afectaron tanto. He ido encajando todos los fragmentos de los recuerdos como si fuera un rompecabezas. Me he imaginado muchas veces los sentimientos de mi madre, pero ha sido muy impactante escucharlos de su propia voz.

7

Si nunca le quise hablar a Malik de las andanzas de su padre fue porque temía que, en algún momento, mi hijo sintiera eso que se conoce como la llamada de la sangre y le diera por ir a Jerusalén para reivindicar su memoria. Me aterraba tener otro fedayín en la familia, así que apenas le hablé de él. La primera vez que me preguntó por la ruptura, le dije que su padre estaba mucho más interesado por el destino de su pueblo que por su familia y que nos abandonó cuando sintió que debía regresar con los suyos. Poco más. Y sabía que, inevitablemente, mi hijo investigaría por su cuenta la verdadera historia de un padre al que apenas recordaba y del que no quedaba rastro.

Lo cierto es que seis meses después de la matanza de Yenín, Malik y yo nos enteramos de que Bashir había muerto en Jerusalén víctima de un atentado. Se propagó la falacia de que su muerte fue obra de un grupo terrorista de Hamás, que perseguía con saña al entorno de Yasir Arafat, pero la versión más creíble es que fueron agentes del Mossad, por orden directa del primer ministro Ariel Sharon, en represalia por haber informado al mundo tendenciosamente sobre la historia de la masacre. No era la primera ni la última atrocidad que figuraba en el historial de Sharon, un hombre al que sus enemigos consideraban sanguinario, y sus seguidores, heroico. Sharon fue culpable de históricas matanzas, como la de los campamentos de Sabra y Chatila, o la de Gaza, en la que ordenó disparar sobre un barrio de la ciudad sin importarle que cayeran asesinados varios niños. Su objetivo era cazar a un hombre, Salá Shehada, dirigente militar de Hamás, pero mató también a varios civiles, entre ellos, a seis hermanos de corta edad. Poco le importaban las reiteradas condenas internacionales. Sharon, que pasó años en estado vegetativo a consecuencia de un derrame cerebral, estaba muy orgulloso en aquel momento de haber dado en el blanco. Amparado por la ley del talión, su objetivo era cazar piezas del otro bando, aunque en el camino se produjeran daños colaterales, como establecieron aquellos niños inocentes. Nunca me compadecí de aquel hombre, ni siquiera cuando murió.

Mi marido se fue de París a los pocos meses de nacer nuestro hijo Malik, y desde que se instaló en Israel —primero en Jerusalén y después en Ramala— se desentendió por completo de nosotros. A excepción de sus andanzas políticas, poco más supe de él. Tuvo otras mujeres, pero no más hijos, al menos reconocidos.

Cada vez que aparecía en alguna imagen pública junto a Yasir Arafat, yo le miraba con tristeza. Se había convertido en uno de sus lugartenientes, la mano derecha del líder palestino. Fue Bashir quien me presentó a Arafat cuando estuvimos en Argelia, y ya entonces me desagradó. Era un tipo obsesionado consigo mismo, aunque es probable que, de lo contrario, le hubiera resultado imposible mantenerse con vida. De todos modos, no acababa de ver claro a aquel líder carismático que desconfiaba de todo el mundo y estaba muy lejos de predicar con el ejemplo.

Me hubiera gustado que la historia fuese más simple para contársela a mi hijo sin rodeos ni tapujos, pero el pasado solo se puede cambiar por medio de mentiras y a mí me cuesta demasiado esfuerzo mantener la farsa. Así que tampoco he querido que en este asunto supiera toda la verdad. Pero lo cierto es que el día que conocí a Bashir Aziz yo solo tenía ojos para Tanis, y que el resto de los comensales eran un auténtico estorbo, especialmente, la tal Carmela. En aquellos momentos ni se me pasó por la cabeza que algún día acabaría teniendo un hijo con aquel palestino tan solícito.

Recuerdo que, a la salida del restaurante, Bashir nos invitó a tomar café en su casa.

—Tengo unos dulces marroquíes que vais a probar. Y, además, os invito a brindar por el éxito de esta mañana con una botella de Isla del Tesoro que me ha enviado el patrón.

—Yo debo irme —dije mirando fijamente a Tanis, con la esperanza de que se marchara conmigo.

—De ninguna manera. Recuerda que esta noche eres mi invitada de honor. ¿No me harás ese feo?

Todos fueron tan insistentes que no tuve más remedio que acceder. Bueno, en realidad bastó que Tanis me cogiera de la mano para quedarme sin argumentos. Me dejé arrastrar por él bastante contrariada, sobre todo cuando vi que Carmela no le dejaba ni a sol ni a sombra, siempre sin pronunciar palabra. ¿Hasta cuándo tendría que aguantar a esa mujer? Desconocía el motivo de la fiesta y todavía estaba bastante furiosa con Tanis. Por otra parte, me empalagaban los desvelos del palestino, detestaba que me emparejasen con Pedro, maldecía a Carmela y, sobre todo, quería resolver el problema de mis piojos de una santa vez. No obstante, contra mi voluntad, me vi en una casa extraña, sentada de nuevo entre Pedro y Bashir con una copa de ron en la mano y brindando a la salud del comandante y del rais.

A lo largo de la tarde y a medida que vaciaban los vasos una y otra vez, me fui enterando de que el comandante era Castro; el rais, Arafat, y la exitosa operación por la que estaban brindando era que, en un reciente encuentro, ambos habían presionado a un acreditado personaje del cuerpo diplomático para proporcionar a Bashir cobertura con el fin de que se instalase con todos los honores en una oficina de la Liga Árabe en Madrid, de modo que tenía un pasaporte diplomático, un buen sueldo y un magnífico despacho en el centro de la ciudad. Las autoridades españolas sabían que aquello era una tapadera de la OLP, que seguía siendo una organización semiclandestina, pero hacían la vista gorda en función de lo que llamaban «la tradicional amistad de Franco con el mundo árabe». Vigilaban de cerca a Bashir, aunque él sabía que no corría el menor peligro y podía actuar como le viniera en gana mientras no se entrometiese en la política española.

Lo que nunca llegué a averiguar es si aquella botella de barro que sacaron de un rebuscado cofre de madera —y que incluía un falso pergamino que llevaba por título *Isla del Tesoro*— procedía de la embajada, de Arafat o directamente de las bodegas de Fidel Castro. Me contaron, eso sí, que era el ron añejo preferido del comandante cubano y que se lo regalaba únicamente a sus camaradas o a las autoridades extranjeras que iban a visitarle.

Seguía sin perder la esperanza de decirle a Tanis que necesitaba hablarle de un asunto muy importante y que teníamos que escaparnos de allí, pero fue imposible, Carmela le tenía bien amarrado. En un aparato de música sonaba de forma insistente una melodía árabe y la voz quejumbrosa de una mujer que repetía con gran sentimiento y mucha insistencia la palabra *habibi*. Bashir la escuchaba con veneración, seguía el ritmo con las palmas de las manos e incluso hizo alguna intentona de sacarme a bailar, pero me negué en redondo.

Comimos dátiles y pasteles muy dulces y bebimos hasta bien entrada la noche. En un momento indeterminado, Pedro nos informó de que Moncho estaba cantando en El Junco, y su propuesta para ir a verle fue coreada con entusiasmo.

—¿Has escuchado a Moncho alguna vez? —se dirigió a mí de manera especial—. Le llaman el Rey del Bolero. Ya verás, te va a encantar.

Se pusieron todos en pie y enfilaron hacia la puerta. Iban muy alegres y yo decidí que, si no podía quedarme a solas con él, había llegado la hora de escaparme disimuladamente. Intenté darles esquinazo cuando ya estaban en la calle, pero Pedro me lo impidió, me agarró con fuerza por el brazo y con esa contumacia propia de los borrachos me metió en un taxi.

Me encontré, de nuevo contra mi débil voluntad, en un antro oscuro, decorado en rojos y negros, con farolillos chinos, repleto de gente que saludaba a Tanis con absoluta familiaridad. El camarero nos abrió paso hasta una mesa que, por lo visto, siempre tenían reservada junto al escenario, a los pies de Moncho, que en ese instante terminaba una canción interrumpido por los aplausos. A continuación, después de leer el papelito que le pasaron, quiso dedicar un bolero «memorable».

—Voy a dar la bienvenida a Muriel —dijo para mi sorpresa—, para que, a partir de ahora, forme parte de nuestras noches. Con todo mi sentimiento.

El hecho de que se dirigiesen a mí todas las miradas del público me hizo sentirme cada vez más incómoda. Ni siquiera se me ocurrió hacer un gesto de gratitud. Cuando Moncho empezó la canción, irrumpieron los aplausos.

Llévatela...
Si al fin y al cabo piensa mucho en ti,
por la forma en que te mira comprendí,
que olvidó todas las cosas que le di.

A pesar del agobio que me producía tanto empalago, de algún modo, y sin saber por qué, me sentí aludida en dicha estrofa, pero, al mismo tiempo, la voz de aquel joven moreno y chaparro que cantaba con tanta potencia y sentimiento me gustaba.

Llévatela...
Y si es cierto que le tienes mucho amor
eso hará que no le encuentres ni un error,
vivirás agradecido a su calor.

En ese instante, Tanis se acercó para decirme al oído:
—No te quejarás del recibimiento, Murielita.
Y cuando me quise dar cuenta y fui a responderle, a

pedirle que me escuchara, que tenía que contarle un problema importante, que necesitaba estar a solas con él, ya se había pegado de nuevo a Carmela o, más bien, al revés, Carmela a él.

Olvidaba decirte,
si al querer decir tu nombre
pronuncia el de otro hombre,
así le pasó conmigo,
por eso vamos, amigo,
te suplico la lleves
por el bien de los tres.

—Da las gracias al artista —me sugirió Tanis en voz alta.

Bashir me cogió de la mano y me dio un tirón para que me levantara. Me tuve que poner de pie, agaché la cabeza tímidamente, y soporté que el público dirigiera hacia mí los aplausos. Estaba muerta de vergüenza.

—Te voy a llevar a Cuba —se arrancó Bashir señalando a Moncho en mitad del barullo—. Triunfarías en La Habana.

El ron de los cubalibres que estábamos tomando ya no era Isla del Tesoro y yo empezaba a notar los efectos del garrafón. Ya no me importaba nada, solo quería irme a casa.

—Me estoy mareando, quiero ir al baño —dije a quien pudiera oírme.

Carmela era la que tenía más cerca, pero ni se inmutó. Fue Pedro quien se ofreció a acompañarme.

Me abrió paso entre el público con dificultad y cuando me dejó en la puerta para que me diera un poco el aire, le supliqué que me llevase a casa, porque no me encontraba bien. Estaba rendida y mi único deseo era meterme en la cama, dormir y olvidar la pesadilla de los piojos y la humillación de Tanis. A esas alturas de la noche, le aborrecía. Al verme en semejante estado, Pedro me acompañó, esperó a que me quedase dormida y se fue.

8

Tuve una pesadilla de la que me despertó el insistente timbre del teléfono. Encendí la luz de la mesilla de un manotazo, miré el reloj y comprobé que eran las cinco y media de la madrugada. Lo primero que pensé es que mis padres habían tenido un accidente y me llamaban desde el hospital. Me tiré de la cama sobresaltada y me precipité a coger el aparato que estaba en la salita contigua.

—Sí, ¿quién es? —pregunté con voz de angustia.

—Soy Tanis. Estoy en una cabina delante de tu casa. Por favor, ábreme la puerta.

Volví a mirar el reloj para comprobar que, en efecto, eran las 5.35 y, sin la menor protesta, como si estuviera hipnotizada, me encontré abriéndole la puerta. Tanis entró sin decir una sola palabra y me besó repetidas veces mientras me arrastraba hacia la cama. También estaba borracho. Me dejé llevar hasta que pude tomarme un respiro, me armé de valor y le confesé:

—¿Sabes que tengo ladillas?

—No te preocupes ahora por eso, Murielita mía.

Y de nuevo, le obedecí. Olvidé por completo mis incómodos parásitos para entregarme a ciegas, con una pasión desaforada. Me gustaba aquel hombre con locura y enroscada en él me desperté un par de horas más tarde. Después de tanto amarle no quería romper el contacto mágico que mantenía nuestros dos cuerpos acoplados. Y así estuve contemplándole un buen rato hasta que llegó el momento de abandonar la cama.

El cambio de escenario nos devolvió a la realidad. Nos sentamos alrededor de la pequeña mesa de la cocina, mientras esperábamos que hirviese el agua para preparar un Nescafé.

—Respecto a lo que me dijiste anoche, tiene fácil solución —comentó de pronto Tanis—. Ahora mismo te compro una pomada y una loción, te las aplicas por la mañana y por la noche, y ya verás como en unos días desaparecen del todo.

Era curiosa esa manía suya de dar rodeos y eludir el nombre de las cosas. No acostumbraba a decir tacos, ni le gustaba que los dijeran los demás. La manera de expresarse era otro de los rasgos que me atraían de él. Ambos sabíamos de qué estábamos hablando, pero no había necesidad de mancharnos la boca con esa palabra horrenda: *ladillas*. Así que me costó encontrar sinónimos adecuados para pedirle que fumigase su casa hasta no dejar rastro de los bichos, que hiciera una limpieza a fondo y que se asegurase de que él tampoco los tenía. Tanis se limitó a asentir y a restarle importancia:

—Me encargaré de que lo hagan durante el tiempo que pase fuera de Madrid. Cuando vuelva, la casa estará reluciente.

—¿Es que te vas? —dije un tanto desazonada.

—Solo diez días. Pero se nos pasarán volando si tú nos acompañas.

—¿Acompañaros? ¿A quiénes? —pregunté.

—Tú vendrás conmigo, pero allí nos encontraremos con Bashir.

La oferta era tan precipitada como seductora. Tanis daba por hecho que no me negaría. Y así fue. Todo estaba previsto. Pedro y él habían hablado por la mañana con el redactor jefe del periódico sobre la necesidad de llevarse un reportero gráfico a un encuentro en Argel al que Tanis estaba invitado. Los dos hablaron de mí como si fuera una gran profesional, joven pero con experiencia, que convendría fichar como colaboradora de *El Hispano,* y el viaje a Argelia podía ser mi prueba de fuego. Soler había dado su aprobación y ya solo faltaba que yo diera la mía. Era una buena oportunidad de empezar a trabajar en un periódico y, además, de viajar juntos por primera vez. El programa era fascinante: alojamiento en el hotel Aletti, asistencia a las reuniones en las afueras de Argel donde se inauguraba el Gran Palacio de Congresos con la participación de Arafat y otros líderes del tercer mundo, visita a un oasis en el desierto y fin de viaje en Orán, para conocer la base militar de Mers el-Kébir, de la que fueron expulsados los franceses. De allí cogeríamos un vuelo directo a Alicante. Bashir Aziz sería nuestro anfitrión, pues la OLP tenía gran protagonismo en la preparación de la cumbre.

Era un plan irresistible. No podía negarme y, sin embargo, tuve necesidad de fustigarle y no se me ocurrió otra cosa que sacar a relucir el nombre de Carmela.

—Y tu novia... ¿qué dirá?

—No vuelvas a pronunciar esa estúpida palabra.

—Bueno, llámala como quieras —repliqué envalentonada—. ¿Cómo prefieres que la llame?

—No la llames.

—¿Y por qué no?

—Porque prefiero que la dejes al margen. Carmela es una amiga. Nada más.

—Nada más y nada menos. ¿Y se puede saber qué pinto yo en medio de los dos?

—Mira, acabemos con este asunto. No mezcles las cosas, jamás abandonaré mi libertad por nada ni por nadie. Quiero que lo tengas muy claro. Y espero que tú hagas lo mismo.

—Tranquilo, eso lo decidiré yo. Pero llegará un momento en el que tendrás que elegir, porque si no, los demás elegirán por ti. No estoy acostumbrada a compartir al hombre que quiero con nadie.

—*Querer* es una palabra muy seria. No la devalúes, no juegues con ella. Y, además, ¿crees que me merezco que alguien como tú me quiera?

No era consciente de lo que le había dicho. Quizá me precipité y quise arreglarlo.

—No he dicho que te quiera. Solo que quiero estar contigo.

—Pues confía en tus sentimientos. No habrá nada que pueda impedirnos estar juntos mientras queramos estar el uno con el otro. Esa es la única verdad, pero no me presiones jamás, te lo pido en serio.

Notó que me entristecían sus palabras y me acarició la cara.

9

Pasamos unos días tranquilos, sin sobresaltos, haciendo el papeleo que nos habían requerido. Solo el redactor jefe del periódico estaba al tanto de mi viaje con Tanis. Aún recuerdo con espanto aquel vuelo de la compañía Air Algerie. Yo era la única mujer del pasaje. No había azafatas, sino jóvenes y corpulentos aeromozos que perdieron los nervios cuando el avión sufrió las primeras turbulencias provocadas por una espantosa tormenta. Cada vez que los rayos atravesaban las nubes e iluminaban el cielo, me agarraba con fuerza al brazo de Tanis. El ruido de los truenos me daba pavor y sus palabras apenas me tranquilizaban.

—No te preocupes, no pasa nada. Créeme, la cabina está presurizada y los rayos no nos afectarán.

No solo yo estaba consternada. El resto de los pasajeros —repito, todos hombres— no sé si me miraban con odio, pena o lascivia, pero me asustaban sus miradas tanto como la tormenta. Mi temor se agravó cuando los fornidos muchachos de la tripulación se sentaron, se abrocharon el cinturón de seguridad, sacaron un rosario musulmán y se dedicaron a repasar sus cuentas a un ritmo vertiginoso.

—No te preocupes, ellos siempre juegan con el *tasbih* entre las manos —decía Tanis para distraerme—. Mira, la mayoría tienen treinta y tres cuentas y son de ámbar. Te regalaré uno cuando lleguemos a Argel.

Sin embargo, yo seguía aterrada y, más aún, cuando vi que los aeromozos se soltaban el cinturón y se tiraban de bruces en el pasillo, con las rodillas hincadas en el suelo, invocando a voz en grito el dichoso nombre de Alá.

—¡Vamos a morir! —grité mientras clavaba mis uñas en el brazo de Tanis.

—Tranquilízate. Confía en mí. Es una simple tormenta. No va a pasar nada.

La templanza de Tanis acabó reconfortándome. En el fondo, llegado el caso, ¿qué mejor compañía con la que estrellarse contra el Mediterráneo? Me acurruqué en sus brazos y le pedí a Dios que me dejase vivir un poco más. Era demasiado joven para morir. Ni siquiera mis padres sabían que estaba en ese avión.

La tempestad nos acompañó hasta el final del viaje. Algunos pasajeros terminaron magullados porque el equipaje de mano, desplazado de los maleteros, había caído sobre sus cabezas. En Argel habían recibido el aviso de emergencia y tenían desplegadas unas cuantas ambulancias junto a la pista de aterrizaje. Llegamos temblorosos, con una hora de retraso y en un estado deplorable. Pero, al fin, el avión tomó tierra en el aeropuerto. Era la primera vez que pisaba el continente africano y me emocioné.

Recuerdo los soportales del hotel Aletti y su enorme fachada blanca. Estaba situado en el centro de la ciudad, frente al paseo marítimo y la bahía de Argel, muy cerca de la Kasba. En aquel tiempo era el lugar de encuentro de políticos, periodistas y diplomáticos. En el vestíbulo del Aletti se reunían los delegados que participaban en la conferencia, conocidos dirigentes de los movimientos de liberación africanos, cantantes y artistas famosos. Un día tomaban el té con la hija de Frantz Fanon y otro con la bella Fairuz, la embajadora de las estrellas, como la presentaban en los conciertos, la cantante más querida del mundo árabe después de la legendaria Umm Kalzum.

Tanis no perdía ni una sola ocasión de ponerme celosa. Se dedicaba a seducir a todas las mujeres que aparecían por el vestíbulo, aunque de manera especial a Mireille Fanon. Me la presentó con tal entusiasmo que enseguida me di cuenta de que le fascinaba.

—Aquí tienes a la hija del héroe Frantz Fanon —me dijo—, el famoso intelectual africano, el amigo de Sartre, el teórico de la revolución que murió de leucemia en un hospital yanqui después de haber sido tratado en la Unión Soviética.

Y a continuación se dirigió a ella y le preguntó cómo era que su padre, el gran Fanon, el espíritu del anticolonialismo, fue a parar, precisamente, al mismo hospital de Bethesda (Maryland) elegido por los presidentes de Estados Unidos.

A Mireille no le hizo mucha gracia la pregunta, pero aun así le respondió que era su única esperanza de salvar la vida y que entró en el hospital porque un tipo de los servicios de inteligencia le había colado con un nombre falso, aunque los médicos sabían quién era en realidad.

—Todo fue en vano —se lamentó Mireille mientras coqueteaba con Tanis—. Mi padre no logró sobrevivir. Salió muerto de aquel hospital camino de Túnez. —Nos contó que allí le hicieron un funeral de honor y, tal como era su deseo, se lo llevaron para enterrarlo en el Cementerio de los Mártires en Ain Kerma, en el este de Argelia.

Era evidente que a Tanis le gustaba demasiado aquella mujer. Yo me sentía insignificante frente a ella y me limité a fotografiar todo lo que él me pedía. Cuando Tanis le pidió a Mireille que le dedicara el libro de Frantz Fanon, *Los condenados de la tierra,* miré a través del objetivo lo que escribía en la dedicatoria: «Si mi padre viviera, le habría gustado charlar contigo tanto como a mí. Celebro nuestro encuentro».

Aquel ejemplar se convirtió en una de sus reliquias más queridas. La Fanon estaba casada con el hijo de un famoso político francés al que, según contaban los chismosos, le era infiel. Imposible no estar celosa. Era muy consciente de su belleza y de lo mucho que gustaba a los hombres. Tuve que sobrellevarla sin rechistar. Tanis no habría soportado la menor crítica hacia ella.

Malik vuelve a la carga y me saca de mi ensimismamiento. Tengo que enfrentarme a las preguntas de mi hijo. Me muestra una foto, con actitud inquisidora, e inicia una nueva ofensiva empeñado en saber la verdad.

—¿Fue aquí donde conociste a Arafat?

—Sí —le respondo—. Este fue mi primer trabajo para *El Hispano.*

—¿Quiénes son los demás?

—Bueno —titubeo—, este es Tanis. La de su derecha es Mireille, la hija mayor de Frantz Fanon; el que está al lado de Arafat es Faruk Kadumi, otro de los fundadores de la OLP; el más bajo es el sudafricano Fuhti Makata, delegado del Congreso Nacional Africano, el partido cuyo líder, Nelson Mandela, estuvo encarcelado desde 1964 en la prisión de Robben...

—Sé bien quién es Mandela —me interrumpe Malik.

El tono es un poco impertinente. Me siento presionada por mi hijo. Hago una respiración profunda y continúo.

—Y la otra mujer es Nadia, casada con un alto cargo del Frente de Liberación Nacional de Argelia, de la que fui amiga durante un tiempo.

—Una interesante sucesión de fósiles —comenta Malik—. ¿Y por qué no aparece mi padre? ¿No dices que en aquel congreso no se separaba de Arafat?

—Es que ese día se fue a preparar nuestro viaje a una base que había en Orán.

—¿Vuestro? —pregunta Malik en tono inquisitorial.

—Sí, *nuestro*, el de la delegación.

—Tú... ¿ya estabas con mi padre?

Una de las consecuencias de no saber mucho acerca de su padre, de carecer de recuerdos ejerciendo como tal y de no haber convivido apenas con él, era que Malik, a veces, no tenía claro cómo referirse a Bashir cuando hablaba conmigo. Nunca decía «papá», a menudo le llamaba por su nombre, pero generalmente optaba por la fórmula «mi padre», como intentando excluir su relación conmigo. Como si fuese solo *su padre* y yo no tuviese nada que ver en el asunto.

—Dime, ¿ya estabas con él? —insistió.

—Todavía no, pero ya había algo entre los dos —mentí otra vez—. Quiero decir que Bashir me caía especialmente bien y creo que yo a él también.

Era cierto que su padre sentía algo fuerte por mí, pero Tanis se había cruzado en nuestras vidas. No estaba dispuesta a tratar una materia tan sensible con mi hijo, y mucho menos en lo referente a aquel viaje.

La fotografía disparó de nuevo mis recuerdos. Cierto que la entrevista con Arafat fue mi primera exclusiva en el periódico, gracias a la cual me aseguré un salario nada despreciable durante los dos años largos e intensos que formé parte de aquella redacción. Más que un trabajo fue un privilegio estar en *El Hispano.* Muchos de mis colegas hubieran pagado por ser testigos de los mejores y los peores acontecimientos de aquella época trepidante que tuve el privilegio de contemplar todo lo cerca que me permitía el objetivo de mi cámara. Me sentí libre, viajé a países lejanos y conocí a gente mucho más admirable que Arafat. Pero lo mejor de todo es que me permitió estar junto a mi entonces amado Tanis, el hombre que me subió al cielo, para dejarme caer desde las nubes sin paracaídas y ver cómo me estampaba contra el suelo. La caída fue espantosa, aunque esa es la parte que nunca compartiré con nadie y menos a estas alturas de mi vida.

Tanis no me mintió cuando dijo que los parásitos innombrables desaparecerían. Todo pasa en esta vida, y menos mal que lo malo no dura demasiado tiempo. Había logrado exterminarlos y, al fin, me encontraba limpia y feliz en aquella habitación enorme con vistas a la bahía. Cuando él me dejaba sola, me quedaba embobada mirando cómo giraban muy despacio las aspas de madera del gran ventilador que colgaba del techo, mientras no dejaba de pensar qué estaría haciendo él en esos momentos. ¿Para qué engañarme? Lo más probable es que estuviera seduciendo a alguna mujer.

Hacía mucho calor a la hora de la siesta y tenía miedo de que se estropeasen los carretes de fotos, así que los metí en la diminuta nevera donde solo había un par de botellas de agua y cuatro refrescos de naranja y de limón. Nada de alcohol. Me hubiera gustado fotografiar a la gente que se lanzaba a la calle en cuanto caía el sol y aflojaba el calor, pero no me atrevía a pasear por la Kasba, no por miedo a sus habitantes, sino porque Tanis me había advertido que no saliese de la habitación. Me dijo que era muy peligroso y que, además, tenía que ir vestida adecuadamente. Era incorrecto llevar pantalones o trajes con escote y sin mangas. No era imprescindible usar el velo, porque Argelia era un país laico donde había triunfado la revolución socialista. Tanis amaba Argelia. Justo por eso, estaba obligada a respetar sus costumbres como gesto de solidaridad e incluso agradecimiento.

El día anterior habíamos tenido una fuerte discusión a propósito de la insoportable actitud de los argelinos con las mujeres. Tanis intentó convencerme de que él era un ardiente defensor de la igualdad, porque uno de sus mayores orgullos profesionales era el de haber escrito una serie de reportajes sobre famosas activistas que participaban junto a los hombres en distintos movimientos de liberación y, de hecho, me recordó que las paredes de su casa estaban empapeladas con pósters de mujeres. En uno de ellos aparecía un grupo de guerrilleras eritreas armadas con el Kaláshnikov, el legendario fusil de asalto que aún hoy se utiliza en todos los conflictos bélicos. La foto estaba dedicada por la única palestina de la organización Septiembre Negro, Leila Khaled, compañera de Bashir Aziz en la Universidad de Kuwait. ¡Cuánto estaba aprendiendo a su lado! Esta mujer formaba parte del comando que había secuestrado un Boeing 707 de la TWA que volaba de Roma a Atenas y fue desviado hacia Damasco. También me había fijado en que tenía en su casa otro famoso cartel donde aparecían dos fotos de Angela Davis bajo el letrero de «Wanted». Era una de las «criminales» (así la consideraban) más perseguidas por el FBI, con su pelo afro y sus gafas de sol, revolucionaria y comunista, líder del movimiento de los Panteras Negras. Una mujer a la que todas las afroamericanas defensoras de los derechos civiles querían parecerse. Solo le faltaba la reciente foto de Jane Fonda, que por aquella época estaba entregada al activismo político y se manifestaba contra la guerra de Vietnam, cuando los oficiales de la aduana la detuvieron en un aeropuerto. Recuerdo bien que ese mismo año fue encarcelada y acusada falsamente de contrabando de drogas, cargo del que fue absuelta en un juicio. Su foto de la ficha policial de frente y de perfil había dado la vuelta al mundo, pero a Tanis le parecía una frivolidad compararla con el resto de sus iconos feministas. A mí, sin embargo, me gustaba tanto la Fonda que pensé cortarme el pelo como ella, pero Tanis me lo impidió.

Todas esas mujeres salieron a relucir a raíz de la discusión del día anterior, cuando el funcionario asignado por el Gobierno y su esposa fueron a buscarnos en un coche para llevarnos a las afueras de Argel, donde se celebraban los encuentros y las conferencias. Fue entonces cuando Tanis me pidió que me pusiera una camisa más discreta y una falda en vez de pantalones.

—Debemos agradecer su hospitalidad —argumentó.

Y yo, aunque de mala gana, le obedecí.

En el vestíbulo del hotel me presentó a Ahmed, representante del Ministerio de Exteriores y a su mujer, Nadia, militantes ambos del FLN. Nos dirigimos al coche que estaba en la puerta. El tal Ahmed indicó con un gesto a su esposa que nos sentásemos las dos juntas en los asientos de atrás. Se daba por hecho que Tanis viajaría delante para hablar con él de cosas de hombres. Al llegar al recinto, ellos charlaban animadamente mientras nosotras, sus respectivas mujeres, los seguíamos en silencio. Lo mismo sucedía con el resto de las asistentes. Todas caminaban unos cuantos pasos detrás de sus maridos y en la conferencia tenían su propio espacio acotado en las últimas filas. Las primeras estaban reservadas para los hombres, así como la mesa presidencial, compuesta en exclusiva por ponentes masculinos, eso sí, todos insurgentes y agitadores (como Abdelaziz Buteflika, héroe de la revolución, traidor a Ben Bella, amigo del golpista Bumedián, quien a cambio de su apoyo le nombró ministro de Exteriores y hombre fuerte del nuevo régimen).

Una vez sentadas en el lugar asignado, lejos de los hombres, Nadia me contó que el primer día de la reunión preparatoria se había producido un conflicto a raíz del cual expulsaron a un grupo de feministas francesas, que atraídas por la aureola de la revolución argelina habían solicitado una invitación para asistir a las conferencias. El Gobierno de Huari Bumedián decidió ese año potenciar los derechos y garantías civiles de las mujeres. Las humilladas y heroicas argelinas, después de haberse jugado la vida en la lucha contra los franceses, habían sido marginadas por su propio partido. Ni una sola de aquellas heroínas ostentaba un cargo político relevante. A lo más que habían llegado era a dirigir escuelas o fábricas de cosméticos. Las que trabajaban fuera de casa eran maestras, administrativas o enfermeras, ni siquiera médicos. No daba crédito. ¿Para eso se habían dejado la piel en la batalla? Pobres argelinas. Educadas a la europea en liceos franceses, alumnas de importantes universidades, y habían terminado vistiendo otra vez el *haik*, la túnica negra de las combatientes bajo la cual, durante la revolución, ocultaban bolsas de granadas adosadas con correas a su cuerpo y panfletos para la resistencia. Era más fácil para ellas escapar del control de los militares porque solo en contadas ocasiones se atrevían a cachearlas.

El caso es que las feministas francesas creyeron en la promesa gubernamental de «consolidar la experiencia revolucionaria y elevar la conciencia política de todos los ciudadanos, hombres y mujeres, de la Argelia socialista». El tono de la proclama les sonó bien, pero no se conformaron con asistir a las conferencias, tuvieron la desdichada idea de montar un pequeño tenderete en la entrada con algunos libros sobre feminismo. No permanecieron allí más de un cuarto de hora. Enseguida llegó la policía y requisaron los libros con el argumento de que sus portadas atentaban contra la tradición islámica. Las francesas estaban asombradas de que un régimen socialista y supuestamente laico mantuviese la censura religiosa, al menos, en los asuntos de las mujeres.

—Este es nuestro ingrato papel —suspiró Nadia—. Seguimos tan reprimidas como antes de la liberación. Hemos cambiado a los opresores franceses por los del islam. No sé qué es peor.

Me impactaron muy hondo las confidencias de Nadia. Tenía unas ganas incontenibles de desahogarse, de compartir su desencanto, de protestar por la injusticia histórica que sus compañeros de lucha habían cometido con ellas. Se sentía personalmente estafada por su marido, militante de izquierda, como ella; luchador anticolonialista, como ella; soñador, como ella; y como ella, seguidor de Ben Bella tras el triunfo de la independencia, otro héroe que había sido encarcelado por sus traidores amigos. Todo un símbolo. Me contó Nadia que sus sueños empezaron a desvanecerse el día que Ahmed ocupó su despacho en el Ministerio de Relaciones Exteriores junto a Abdelaziz Buteflika como destacado burócrata del partido en el poder. Desde ese momento, su marido le pidió que dejase de dar clases en la facultad y que no saliera sola por las tardes, a partir de cierta hora, con el argumento de que debía velar por su seguridad. Un mes después, sacó del bolsillo un grueso fajo de dinares y, al estilo de los tratantes de ganado, se los puso en la mano.

«Cómprate vestidos nuevos.»

«No los necesito.»

«Sí —insistió—, necesitas cambiar de indumentaria.»

«¿Qué insinúas?», preguntó Nadia malhumorada.

«No insinúo, te lo estoy diciendo abiertamente: tienes que cambiar tu manera de vestir. No puedes llevar pantalones y esa ropa ajustada. Eres la mujer de un alto cargo del Gobierno y debes dar ejemplo.»

«¿Qué clase de ejemplo? ¿Te has convertido al islam? ¿Me vas a pedir que lleve el *haik*?»

«Pues no sería la primera vez que te lo pones.»

«Sí, pero sabes bien lo que ocultaba bajo el *haik* en otros tiempos. Ahora solo me serviría para esconder mi humillación y mi vergüenza.»

«¡Basta ya, no dramatices! Te he dado dinero para que compres ropa más distinguida. Cualquier mujer sería feliz yéndose de compras y tú mira cómo te pones. Es por tu bien, métételo en la cabeza.»

Era el preludio de la desolación. Un completo fracaso. No se preocupaba por ella o por su distinción. Ni siquiera se lo pedía porque estuviera celoso, para protegerla de la mirada morbosa de otros hombres. Quería que ocultara su cuerpo porque, en el fondo de su corazón, lo consideraba pecaminoso. No era eso lo que Nadia recordaba de los textos de combate: «La guerra revolucionaria, tal como la lleva a cabo el pueblo argelino, es una guerra total en la que la mujer no se limita a tejer o a llorar a sus mártires (...) Detenida, torturada, violada, abatida, es un testimonio viviente de la violencia del ocupante y de su inhumanidad».

Los presuntos mártires se habían olvidado de esta parte del legado de Frantz Fanon. El resto de las enseñanzas, mejor reinterpretarlas, porque era dudoso que el amor ardiente de la mujer musulmana por su hogar no fuese una limitación del universo. Privarse del sol, de las calles y de las fiestas era fugarse del mundo. Nadia no se había jugado la vida como combatiente para acabar recluida en casa y vestida con atuendos pudorosos que le cubrían no solo la cabeza, sino también la mente, el deseo y la inteligencia. No quería encerrarse por muy confortable que fuera su cárcel.

—Si pudieras sacarme de aquí... —me suplicó Nadia con los ojos enrojecidos—. Necesito vivir en libertad.

Fui consciente de que la discusión de Nadia con su marido era muy similar a la que yo había tenido con Tanis. Todo aquello me resultaba incomprensible. ¿Qué hacía yo en ese lugar, escuchando confidencias de una mujer a la que apenas conocía? Me habían requisado mi cámara a la entrada. Todo estaba prohibido. Llevar vaqueros, hacer fotos, sentarse en cualquier parte, salir de la sala de conferencias, beber cerveza... La pobre Nadia me pedía ayuda para fugarse y yo no sabía qué decirle. Una mujer culta, luchadora, feminista y sometida. ¡Qué historia tan decepcionante!

Al regresar, ocupamos de nuevo los asientos traseros del coche y, mientras ellos comentaban la reunión, nosotras permanecimos en absoluto silencio. Tras los ojos de Nadia no había desesperación, sino una enorme tristeza que probablemente era ya su estado natural. Ni siquiera se molestaba en ocultar la mirada. Llegamos al hotel y nos despedimos de la pareja hasta el día siguiente. Los hombres se dieron unos abrazos con sonoras palmadas en la espalda y nosotras nos limitamos a hacer una leve inclinación de cabeza. Pedimos la llave en recepción y, mientras nos dirigíamos hacia el ascensor, Tanis me rodeó cariñosamente con el brazo.

—¿A qué hora nos recogen mañana nuestros vigilantes? —pregunté en tono agresivo.

—¿A qué viene eso? —me reprochó.

—¡No le soporto! —respondí desesperada—. No soporto cómo me trata.

—¿De qué te quejas? No han podido ser más amables con nosotros.

—Me indigna que él no se dirija a mí cuando habla, que no me mire, que me lleve como un paquete en el coche, que tenga que dar conversación a su mujer todo el rato...

—Oye, oye... No protestes tanto. Son sus costumbres y debes respetarlas. Además, no sé qué tienes contra su mujer. Es encantadora.

—Sí, pero yo quiero estar contigo. No he venido para ser el paño de lágrimas de nadie.

Había elevado demasiado el tono de voz y la gente se volvía a mirarnos. Tanis me hizo un gesto enérgico para que me callara. Subimos en el ascensor, entramos en la habitación y, al cerrar la puerta, Tanis me cubrió la boca con la mano para impedir que siguiera hablando. Me rodeó con sus brazos, me besó y, casi con violencia, me tumbó sobre la cama, se echó sobre mi cuerpo y, sin poder controlar el deseo, se introdujo en mí de un modo salvaje. Ya no quedaba rastro del enfado que había tenido hacía un instante y yo también me entregué con ganas; con el corazón acelerado le besé hasta quedarme sin aliento y empecé a gemir de una manera tan escandalosa que él tuvo que taparme de nuevo la boca. Mientras tanto, lo recuerdo bien, me susurraba al oído:

—Eres mía, te quiero, *habibi*, mi pequeña fiera.

Y yo jadeante y empapada, rugía de placer bajo el cuerpo de mi amado.

Nos quedamos durante un largo rato inmóviles, entrelazados, sudorosos y desnudos sobre la cama. Nuestros cuerpos estaban ardiendo y el ventilador no bastaba para enfriarlos. Al cabo de un tiempo, me desprendí con suavidad de su abrazo y le pregunté mirándole fijamente a los ojos.

—¿Qué piensas hacer conmigo?

—Amarte otra vez, en cuanto recobre el aliento y recupere las fuerzas. Me has dejado hecho polvo.

—¿Cómo me llamaste mientras me besabas?

—¿Cómo? No lo recuerdo.

—Sí, dijiste un nombre.

—Sería el tuyo.

—No, no era mi nombre.

—Te aseguro que sí.

Arrepentida de mis ridículos celos, le lamí el hombro allí donde mis uñas le habían dejado algunas marcas.

—Sigue contándome lo que vas a hacer conmigo —le supliqué.

—Todos los días haré lo mismo que hoy, una y otra vez, hasta que desfallezca.

—¿Y fuera de la cama?

—Solo abandonaremos la cama para asomarnos a la ventana y ver desde aquí las villas blancas con sus jardines llenos de cipreses y los minaretes de las mezquitas y escuchar al muecín cuando llama a la oración: *Allāh akbar!* Repetirá hasta cuatro veces. «¡Alá es el más grande!» Y algún día visitaremos una de esas increíbles villas para tomar un té de menta y pasteles de almendras con miel. Y también te llevaré a la Kasba.

Mientras Tanis me arrullaba estas lindezas, yo le lamía la oreja, como una gata zalamera.

—¿No me has dicho que la Kasba es muy peligrosa?

—No, si vas conmigo.

De pronto, con una energía insólita, se levantó de un salto de la cama, buscó en los bolsillos de la americana un envoltorio y, antes de entregármelo, me dijo:

—Cierra los ojos y dame la mano. Pero antes necesito saber una cosa.

—Dime, amor mío.

—¿Te gustaría ser mi mujer árabe?

—Seré lo que tú quieras —respondí absolutamente rendida y dispuesta a convertirme en lo que él deseara en cada instante de su vida.

Entonces Tanis desenvolvió tres finas pulseras de plata y me las colocó en el brazo izquierdo.

—Las compré en la Kasba. Te habrás fijado en que muchas argelinas llevan estas pulseras. Cada año que pasemos juntos te regalaré una nueva hasta llegar a siete, el número de las estrellas errantes que dieron nombre a los siete días de la semana. Se llaman «esclavas» y no te las podrás quitar hasta que yo me muera.

—Nunca me las quitaré —le respondí extasiada.

Y a continuación me entregó un pequeño recipiente de plata del que desenroscó un palito cubierto de polvillo negro un poco grasiento.

—Esto es khol, el pigmento que usan las argelinas para pintarse los ojos. También lo utilizan los beduinos porque, además de embellecer la mirada, les protege del viento del desierto y evita las infecciones. Póntelo, y ya serás una auténtica mujer árabe.

Acaté la orden, como siempre, y, tal como me iba indicando, me introduje la barra impregnada con el polvillo negro entre los párpados. Me entraron ganas de frotarme los ojos. Pero seguí paso a paso sus instrucciones, como si estuviera hechizada.

Ahora pienso que, en efecto, lo estaba. O quizá fuera más realista, aunque menos romántico, decir que simplemente estaba obsesionada. Las mujeres solemos confundir el deseo sexual con el amor puro. Yo era todo generosidad y entrega. Y aunque dudaba que él sintiera lo mismo, llevaba a Tanis pegado a lo más profundo de mi corazón.

No sé explicar de otro modo por qué me sometí a tanta humillación. Para complacer sus caprichos tuve que actuar como una resignada mujer árabe, no de las que ponían bombas en la Kasba, sino de las que caminan dos pasos detrás del hombre y llevan esclavas en los brazos como signo de fidelidad. Durante mucho tiempo me adornó con las pulseras de plata. A nadie le dije quién me las había regalado. Estaba convencida de que el mío era un amor más allá del bien y del mal; sobre todo, del mal. Hasta ese momento mantuve la esperanza de lograr un final feliz. Si el amor es ciego, la obsesión también es sorda. Lo mío era una obcecación en toda regla; una pasión abrasadora, incontrolable, sofocante, capaz de movilizar toda la fuerza de mi juventud y nublar mi capacidad de entendimiento. Detestaba el sosiego amoroso; me parecía un sentimiento anodino y gris. Es lo que me decía para convencerme a mí misma. La pasión daba sentido a mi vida, pero necesitaba caudales de energía, porque el desgaste con Tanis resultaba inmenso. La sensatez era sinónimo de tedio y aburrimiento, algo impensable para dos amantes como nosotros. Necesitábamos sentirnos ardientes todo el tiempo. Estuvimos a punto de chamuscarnos en aquella hoguera, sobre todo yo, porque Tanis era más precavido y, cuando las cosas llegaban demasiado lejos, siempre huía en busca de otros brazos dispuestos a darle el sosiego que no encontraba en los míos.

Tuvo que pasar un tiempo antes de ser consciente de que había sido una imbécil. Demasiadas conversaciones aplazadas, objetivos incumplidos, mentiras continuas, oportunidades perdidas. Tardé en darme cuenta de que jamás fui la mujer de su vida. Tanis no me dejó contarle a nadie lo nuestro. Todo fue clandestino, furtivo, oscuro e inconfesable. A ojos de los demás, yo fui una de tantas. Ni siquiera eso, porque casi nadie supo la existencia de nuestra relación. Nunca me atrevería a decir en voz alta lo esclavizada que me tenía.

A pesar de que han pasado décadas desde que tuve aquella fugaz aventura con Tanis, perdura en mi memoria con obstinación. Y lo lamento, porque hice grandes esfuerzos por olvidar, sobre todo, lo referido a los episodios más denigrantes. Y si ahora me asaltan de nuevo es porque mi hijo me ha sometido a un despiadado interrogatorio y me cita nombres que reavivan mis recuerdos. No es fácil darme cuenta de las cosas que he superado o tan solo he aceptado, pero es imposible cambiar la realidad.

10

Cuando volví a instalarme en Madrid, después de una larga temporada viviendo en Francia, me sentí liberada de buena parte de las mentiras que consentí para vivir en paz. Quise deshacerme de todas las reliquias que había llevado conmigo durante muchos años y solo me quedé con algunos discos de música árabe y dos fetiches: las pulseras argelinas, que nunca fueron más de tres, y una joya de lapislázuli con la silueta del mapa de Palestina enmarcado en plata, primer regalo de Bashir y causa de un grave disgusto.

Todo empezó en el vestíbulo del hotel, durante la entrevista con un Arafat no demasiado locuaz, pero sí muy complaciente conmigo cada vez que le pedía que mirase hacia el objetivo de la cámara. Tanis estaba molesto con la actitud del rais, más pendiente de las fotos que yo le hacía que de atender a sus preguntas. Llegó un momento en que perdió los nervios y me gritó de mala manera que terminase de una vez y los dejase solos. Así lo hice y me fui con Bashir, que se había convertido en nuestra sombra desde que llegamos a Argel. Nos fuimos al otro extremo del salón para tomar juntos un té. Durante la charla, Bashir, muy ceremonioso, sacó del bolsillo de su americana un saquito de piel y me lo entregó.

—Es para ti.

—Gracias... ¿Es un regalo? —pregunté sorprendida.

Contenía el colgante de plata y lapislázuli.

—Es un obsequio que entregamos a todos los amigos del pueblo palestino. Guárdalo de recuerdo, querida Muriel.

Me invitó a fijarme en el primoroso trabajo de las filigranas de plata y la textura del lapislázuli, piedra sagrada en Babilonia y el antiguo Egipto, cuyas motas plateadas y brillantes como las estrellas parecían caídas del cielo nocturno. Tenía el perfil dibujado del mapa originario de Palestina, incluidos los territorios ocupados por Israel, y lo había elaborado un artesano de la ciudad vieja de Jerusalén, donde está la gran mezquita de Al-Aqsa, construida sobre la explanada desde la cual, según la tradición musulmana, Mahoma subió al cielo. Me di cuenta de que Bashir me miraba extasiado mientras me relataba el cuento.

—Es el tercer lugar de peregrinación más importante del islam, después de La Meca y Medina, y en la parte del muro exterior que rodea la mezquita es donde los judíos se dan de cabezazos los viernes.

—¿Qué miras? —le pregunté un poco turbada.

—Tus ojos verdes. Me impresionaron desde el primer día.

—Me pone nerviosa que me mires tan fijamente.

—Perdóname, no lo puedo evitar. Guarda el regalo.

Lo introduje en un compartimento del bolso donde llevaba las cámaras y los carretes de las fotos de Arafat. Material que debía entregar con urgencia a un comandante de Air Algerie, conocido de Bashir, para que lo depositase en el aeropuerto de Alicante, con el fin de que una azafata española lo hiciera llegar a través de un tercero al periódico de Madrid. Sí, ese era el procedimiento habitual en aquellos tiempos.

Bashir retomó la charla que había iniciado sobre el Muro de las Lamentaciones.

—¿Te lo puedes creer? Los muy fanáticos estampan su frente contra las piedras.

A punto estuve de aludir a su propio fanatismo, pero hice un esfuerzo para ser prudente.

—Os veo a todos un poco obsesionados con la religión, ¿no?

—¿A quién te refieres?

—A ti, a los argelinos, a todos los que supuestamente no sois creyentes, pero tenéis todo el día en la boca el nombre de Alá.

—No me habrás oído pronunciar el nombre de Alá. No soy religioso, pero debes saber que, a pesar de la propaganda del enemigo, el islam es una religión progresista.

—Eso sí que no lo admito —repliqué.

—En su momento lo fue. Ahora esta mal interpretada. Tendrías que conocer Palestina. Me encantaría llevarte, entonces entenderías cómo...

De pronto, paró en seco, hizo un gesto marcial y se puso de pie. La conversación quedó interrumpida por la presencia de Arafat que, una vez terminada la entrevista, había tenido la gentileza de acercarse a nosotros para despedirse. Me echó otra mirada libidinosa.

Después de la ceremonia del adiós, finalizado el protocolo, Tanis quiso subir a la habitación para escribir la entrevista a toda velocidad, pues le habían reservado una página completa con una llamada en portada anunciando la exclusiva. Sería el primer trabajo que firmábamos juntos.

11

Tal como me había prometido, a la mañana siguiente me llevó al desierto. Nos esperaba un largo viaje a través de carreteras tortuosas y caminos de arena. Antes visitaríamos las ciudades de Blida y Medea, situadas en el interior y hacia el oeste; el oasis del desierto quedaba más hacia el sureste. Íbamos en coche con Ahmed y, por desgracia, sin Bashir ni Nadia. Su dulce mujercita se quedó en casa, como debía ser. Pobre Nadia, no se merecía ni ese marido, ni ese partido, ni ese Gobierno.

Durante los cien kilómetros que duró el trayecto, yo iba sola y callada en el asiento trasero, asumiendo a regañadientes el papel de mujer musulmana que me adjudicaron. Por suerte, la belleza del paisaje me calmó un poco los nervios. Atravesamos la *wilaya* de Blida, pasamos por las gargantas de Chifa, donde pudimos ver frondosas palmeras y refrescantes cascadas de agua, fotografiamos a los monos que saltaban por los montículos, hasta que, por fin, llegamos a Medea para descansar una noche.

Aunque las horas de sueño eran breves, por las noches siempre me sentía feliz. Cada vez que yo abría la boca para protestar por el trato recibido, Tanis me la tapaba con sus besos.

—Qué terca eres, amor. Todo lo que tienes de guapa lo tienes de cabezota. En vez de Murielita, te voy a llamar Mulita. ¡Deja ya de protestar! Cuando volvamos a Madrid caminarás delante de mí, conducirás tú, lucirás tus camisetas ajustadas y beberás whisky directamente de la botella. Pero ahora no me martirices más con tus reivindicaciones feministas. ¡Deja a mis argelinos en paz!

Me hubiera gustado decirle, aunque en aquel momento ni se me ocurrió, que sus amigos argelinos vivían de las rentas de la revolución y habían olvidado las causas que los impulsaron a liberarse de sus invasores. Se habían formado en el extranjero y eran, como Ahmed, unos afrancesados elegantes y vividores, pero profundamente machistas. Habían engañado de nuevo a sus pobres mujeres, instruidas y cultas como ellos, para que se replegaran a sus cuarteles de invierno, al hogar, dulce hogar, con el fin de realizarse como madres y esposas sumisas. La joven nación independiente que había adoptado el socialismo tenía su propia identidad y su nueva doctrina. El feminismo, tal como lo concebían los europeos, era una manipulación del imperialismo yanqui. Con un eficaz lavado de cerebro, las mujeres aceptaban su destino y, desde sus organizaciones, controladas por la fuerza y el poder del partido único, decían cosas tales como las que aparecían publicadas en la revista de la Unión Nacional de Mujeres Argelinas (UNFA) que Ahmed me había regalado para instruirme: «No podemos bajar la guardia frente al imperialismo. Lo más importante es el proceso revolucionario. Una mujer burguesa nunca será libre. Primero que triunfe el socialismo, después ya igualaremos nuestras diferencias. De todos modos, la mujer no tiene que emanciparse a imagen y semejanza del hombre. Tenemos nuestro propio destino. No queremos llegar a presidentes o ministros, porque eso es una mascarada occidental, una falsa liberación femenina». Panfletario y ridículo. La realidad era bien distinta de lo que proclamaba la doctrina oficial, como me había demostrado la pobre Nadia. En cuanto tuvo ocasión de decir la verdad, dejó claro que no aceptaba su destino y quería marcharse cuanto más lejos mejor. «Sácame de aquí, por favor, déjame ir contigo», todavía resonaba su desesperada súplica en mis oídos.

Amanecimos temprano y fuimos al restaurante para desayunar con Ahmed, el hombre que se había convertido en mi pesadilla. En cuanto él aparecía, yo tenía que volverme invisible. Tras degustar unos dulces típicos, nos llevó a visitar los grandes logros del Gobierno. Paseamos en coche por los alrededores de la ciudad para admirar el espléndido paisaje y la tierra fértil donde se cultivaban los viñedos.

—El vino es de gran calidad —decía muy orgulloso Ahmed—. Nada que envidiar a los mejores vinos franceses.

—Pero ¡sí a los españoles! —dijo Tanis.

No encontró ni un atisbo de sonrisa en el rostro de Ahmed. Carecía por completo de sentido del humor.

Continuamos con una breve ronda por las posadas donde pernoctaban las caravanas antes de adentrarse en el desierto, la ineludible visita a las ruinas romanas y, de regreso, la joya de la corona: el hospital donde se practicaban las más avanzadas terapias experimentales a cargo de un cuadro médico formado por doctores de la República Popular China. Eran los inicios de la lenta pero inexorable expansión de la China maoísta por tierras africanas. Si seguían a ese ritmo, acabarían conquistando todo el continente.

—Estos médicos hacen milagros —explicó Ahmed muy ufano—. Os invito a presenciar una intervención quirúrgica sin anestesia.

—¡Es una invitación un poco sádica! —exclamó Tanis.

—En absoluto. Al paciente lo duermen con acupuntura. Los médicos chinos hacen magia con las agujas.

—Yo no pienso entrar —dije espantada—. Prefiero regresar al hotel para descansar un poco.

—Sí, Ahmed, volvamos al hotel. Estamos agotados de la excursión y mañana nos espera un largo viaje.

Tanis decidió subir a la habitación, a pesar de la insistencia de Ahmed, que se empeñaba en cenar acompañado.

Di un grito de satisfacción cuando me vi liberada de la cargante compañía de mi espía-carabina. ¡Al fin solos! Nos dejamos acunar por un cantante argelino de voz trágica y lastimera y caímos exhaustos después de otra delirante noche de amor.

Partimos al amanecer y, afortunadamente, Ahmed tenía ineludibles compromisos en Argel que le impedían acompañarnos al sur, pero había dispuesto todo lo necesario para hacer nuestro viaje lo más cómodo posible. Nos entregó un mapa con el itinerario señalado e incluso tuvo el detalle de escribir a mano sus propias sugerencias. Íbamos hacia el sureste y podíamos parar cuantas veces quisiéramos, siempre que Hasán, el conductor, nos garantizase la seguridad. El destino era Bou Saada, a doscientos cincuenta kilómetros de Argel, un oasis fronterizo entre los montes del norte y el desierto del Sahara. Nos dijo que el sol era muy violento a las horas centrales del día, y que el riesgo de insolación no era para tomárselo a broma. En Bou

Saada nos sugería visitar la mezquita de Sidi Ibrahim y el mercado, pero lo que merecía realmente la pena era contemplar el paisaje desde el lujoso hotel El Caíd, donde haríamos noche. El director, un buen amigo del ministro Buteflika, estaba avisado de nuestra llegada. En el mercado vendían telas, mantas y la artesanía de cuero o madera típica de los tuareg. Si aún nos quedaban fuerzas, nos recomendaba visitar la ciudad de Biskra un poco más al este. Y para rematar el viaje perfecto por el desierto, podíamos contratar un vuelo o recorrer otros cuatrocientos kilómetros en coche para llegar hasta Gardaya.

El chófer, que resultó ser atento y silencioso, estaba esperándonos. Llevaba una vieja camisa color caqui, probablemente un resto de su uniforme militar, y con disciplina castrense se mostró dispuesto en todo momento a acatar nuestras órdenes. Hablaba árabe y las suficientes palabras en francés para entendernos. Ayudándose de un gesto, nos pidió permiso para poner la radio del coche. Sonaba de nuevo una de las interminables canciones de Umm Kalzum. Quizá fuese un concierto entero, porque nos acompañó durante todo el viaje.

12

Cuando era niña mis padres me llevaron un verano a Maspalomas a ver las dunas y, desde entonces, soñaba con viajar al desierto más grande del mundo. Por fin, iba a conocerlo. A medida que avanzábamos hacia el sur, aparecían inmensas llanuras semiáridas como preludio del mar de arena. De pronto, apareció en el horizonte, como si fuera un espejismo, la silueta de un enorme palmeral junto a pequeñas edificaciones de barro. El chófer dijo que era Bou Saada y nos informó de que llegábamos a la hora de la comida. Al salir del coche, sentí el golpe del calor asfixiante del mediodía. Los mozos del hotel se acercaron corriendo hacia el vehículo, se hicieron con el equipaje y nos indicaron que nos pusiéramos el sombrero y las gafas para protegernos del sol.

Me gustaba el aspecto de Tanis. Su indumentaria colonial me recordaba al Gary Cooper de *Tres lanceros bengalíes.* La verdad es que el único rasgo físico que compartía con el actor era la altura, aunque a mí me parecía el más guapo del mundo. Yo iba vestida de un blanco impoluto, con mis tres pulseras de plata sobre la piel tostada y el pelo recogido en una trenza.

Al entrar en el hotel El Caíd dos mozos con turbante nos ofrecieron un té con menta caliente para calmar la sed y Tanis me enseñó a sujetar el vaso con el pulgar en el borde y el índice en la base para no quemarme los dedos. Estábamos sedientos y bebimos con ansiedad. El director del hotel nos dio la bienvenida protocolaria; mencionó el nombre del ministro de manera reverencial y nos hizo saber que éramos sus invitados de honor. Cumplidos los formalismos, subimos a la habitación, nos lavamos apresuradamente las manos y sin apenas tiempo para besuquearnos, nos dirigimos al comedor, porque ya era tarde para el almuerzo. La música de fondo era la habitual, o quizá no, porque no resultaba fácil distinguir unas voces de otras. Manjares deliciosos, sopa fría de yogur, pepino y menta, cordero relleno y dulces de dátiles con miel y pistachos. Todo regado con un buen té. Comimos con avidez y precipitación. Estábamos ansiosos por echarnos una siesta para descansar del traqueteado viaje, pero en la habitación no hubo descanso, sino otra extenuante sesión amorosa empapados de sudor. Yo quería aprovechar el privilegio de encontrarme en aquel paraíso.

Aún tuve fuerzas para levantarme, correr las cortinas, subir las persianas y... abrir las ventanas.

—¡Cierra!

El grito de Tanis llegó demasiado tarde, y no hubo tiempo de impedir que entrase una bocanada de aire tórrido, que caldeó la habitación como si fuera un baño turco. Cerré al instante y volví a tumbarme junto a él y me quedé inmóvil a la espera de que cayese el sol.

—Hazme caso siempre —me recriminó Tanis esta vez cargado de razón.

Nos quedamos adormilados un par de horas y, cuando vimos que había pasado lo peor del día, Tanis me dejó entornar la ventana, me asomé a la terraza y sentí el aire caliente y seco, mientras el sol caía alumbrando el horizonte con un fuego dorado.

—Mira, Tanis, es mágico —le pedí que me acompañara.

Se levantó todavía aturdido, se acercó hacia mí, me rodeó con sus brazos y me besó en el pelo.

—Es el paisaje más extraordinario que verás en tu vida. Estás en el mejor momento y en el mejor lugar. No olvides nunca este instante.

—Y en la mejor compañía del mundo —añadí mientras me giraba para besarle.

—Vamos, vamos. ¿Pretendes acabar conmigo? Vístete. Aún hay tiempo de ver algunas cosas antes de que anochezca.

Me peiné, me puse las sandalias, el traje blanco de algodón que me cubría los brazos y me llegaba a la pantorrilla, me abroché los botones hasta el cuello, me adorné con un vistoso collar de plata y cogí el sombrero blanco.

—¿Voy bien así?

—Estás bellísima, pero mejor recógete el pelo. Estarás aún más guapa. Los de aquí no habrán visto muchas mujeres como tú.

De nuevo obediente, me hice un moño y oculté el pelo bajo el sombrero, para complacer los deseos de mi amante. Es cierto que no me había cruzado con ninguna mujer desde que llegamos a Bou Saada. Ni turista ni nativa. Solo habíamos visto al director y al personal del hotel.

Me colgué del hombro la cámara de fotos y salimos de la habitación. El chófer estaba esperando a unos metros de la puerta y Tanis le indicó que nos dirigíamos hacia el sur. Media hora después, cumplí mi sueño. Bajé del coche, pisé por primera vez el desierto y me sentí sobrecogida en medio de aquella inmensidad de arena. Le entregué la cámara a Hasán para que nos hiciera una foto juntos. Tanis se negó.

—Prefiero que salgas tú sola —dijo.

Desconcertada y triste, me resigné a posar sola en medio del maravilloso paisaje infinito. Al principio no entendía por qué se negaba a hacerse fotos conmigo. Nunca pude entenderlo.

Cuando un golpe de viento levantó la arena y empezó a soplar con fuerza, el chófer nos indicó que era hora de regresar. Tanis prometió que volveríamos con más tiempo. Nos metimos rápidamente en el coche y, de nuevo con la música de fondo de la estrella de Oriente, permanecimos en silencio durante el viaje de vuelta.

Llegamos a Bou Saada casi anochecido, pero el mercado estaba en pleno apogeo. Daba la impresión de que, al caer el sol, todos los habitantes de la ciudad se habían concentrado en aquellas callejuelas de tenderetes repletos de morralla, telas, perfumes, alfombras, verduras, fritangas y especias que dejaban una mezcla densa de olor a menta, azafrán, cardamomo, incienso y humanidad. La media docena de mujeres que se podían distinguir entre la muchedumbre iban tapadas hasta las cejas con los *hijabs* blancos o azules, detrás de sus hombres —padres, hermanos, maridos—, llevando los cestos donde echaban las verduras como si fueran mulas de carga. En los cafetines callejeros, los hombres charlaban a gritos y fumaban plácidamente en los narguiles que se pasaban de boca en boca.

Tanis me compró unos primorosos tarros de khol y el rosario de cuentas de ámbar que me había prometido durante el accidentado vuelo. Casi se me saltan las lágrimas.

—Desde la antigüedad, en Bou Saada, también conocida como la ciudad de la felicidad, la llave del desierto, se cruzan todas las caravanas que van hacia el este y el oeste. —Tanis disfrutaba narrando el cuento casi tanto como yo escuchándolo—. Hasta aquí llegó Isabelle Eberhardt, la aventurera suiza que se convirtió al islam, se rebautizó como Mahmoud Essadi y recorrió el Magreb disfrazada con ropas de hombre para pasar inadvertida. Tenemos que ir a Ain Sefra, el pueblecito donde cuentan que unos soldados franceses encontraron su cadáver. Cuando volvamos, te regalaré sus *Notas de viaje* y *Los diarios de una nómada apasionada.* Ya verás cómo te ayudan a comprender mejor lo que has visto.

En aquellos días, cualquiera que fuese el relato, la voz de Tanis me sonaba a música celestial. No había oído hablar jamás de aquella mujer ni de aquel lugar, pero tenía la sensación de que todo era cercano e intemporal. Y, sobre todas las cosas, me sentía a cada instante más entregada a su amor, dispuesta a complacerle hasta en el menor deseo, convencida de que el encantamiento me duraría toda la vida.

Se estaba haciendo de noche cuando regresamos al hotel. Nos esperaba el director para ofrecernos una cena junto a los huéspedes más selectos. Nos los presentaron en el vestíbulo de forma un tanto apresurada y yo no entendí bien quiénes eran las tres mujeres —una distinguida anciana francesa y dos argelinas— que acompañaban a un hombre elegante de mediana edad. Quizá fuera un funcionario del Gobierno, el presidente de alguna multinacional o un representante del cuerpo diplomático.

—*À trés bientôt, monsieur Arenal* —saludó el hombre, como si yo no existiera.

Me molestaba compartir a Tanis con cualquier otra presencia, pero aun así estaba obligada a agradecer su gesto de hospitalidad. Los despachamos rápidamente y subimos a la habitación con el fin de vestirnos para la cena. Salimos a la terraza para contemplar el paisaje de ensueño a la luz de la luna llena. Todo habría sido empalagosamente romántico si no fuera porque Tanis siempre me estaba metiendo prisas.

—Vamos, ponte guapa que nos están esperando.

No sabía bien cómo vestirme para la ocasión, quizá el «ponte guapa» era un salvoconducto para usar una indumentaria más ligera. Fui a darme una ducha rápida y le pedí a Tanis que hiciera el favor de guardarme la cámara de fotos y envolverla con el paño que estaba en el maletín. Anduvo buscando el paño por los compartimentos y en ese instante comenzó la tragedia. Al desplegarlo, una bolsita negra de cuero, atada con un fino cordel cayó al suelo. Tanis la abrió con curiosidad y se encontró el mapa de Palestina de plata y lapislázuli. Con la joya en la mano se dirigió al baño y, enfurecido, me preguntó:

—¿Qué es esto? ¿Me puedes explicar de dónde lo has sacado?

—Es un regalo —me excusé atemorizada, mientras me tapaba el cuerpo con la toalla.

—¿Un regalo de quién?

—De Bashir.

—¡Será desgraciado!

Al notar la gravedad de su tono de voz, fui consciente de lo que se me venía encima.

—Pero ¿por qué dices eso?

—¡Hace falta ser hijo de puta!

—Cálmate. No insultes a Bashir, es tu amigo.

—¿Que no le insulte? ¡Encima le defiendes!

—¡Cómo voy a defenderle si no sé de qué le acusas!

Tanis se giró desafiante.

—Escúchame: podrás hacer lo que quieras con él, pero no te reirás de mí. No te hagas la tonta conmigo, Muriel.

—Estás loco.

—¿Loco? ¿Me engañas y tienes el valor de llamarme loco?

—¡Que no te he engañado! —¿Habría tenido siquiera ocasión de hacerlo?—. No sé de qué estás hablando, te lo juro. Bashir me regaló esto el otro día, en...

—¡Y por qué lo aceptaste! ¡Y por qué me lo ocultaste! No te molestes en contestar, no hace falta, está bastante claro.

—Para qué vas a escucharme, si tú ya lo sabes todo.

—Sé que no soporto las mentiras.

—Me acusas de cosas que nunca hice. Supongo que no merezco ni siquiera saber por qué me dices eso.

—Tú sabrás lo que has hecho.

—Claro que lo sé: nada que puedas reprocharme. ¿Sabes, Tanis? Eres un hipócrita, un falso, un embaucador. ¡Eres tú el que me engaña!

—¿Eso es lo que piensas de mí? Me alegro de haberme enterado a tiempo. Es una pena, porque contigo hubiera podido ser diferente, Muriel.

Presa de rabia frente a la injusticia, y al no encontrar las palabras necesarias para hacerle entrar en razón, le abofeteé con todas mis fuerzas. La reacción de Tanis no se hizo esperar: me agarró por los brazos y me tumbó en la cama. No me podía mover. Estaba aterrada, incapaz de oponer resistencia.

—¿Estás loca? ¡Podría hacerte mucho daño!

Afortunadamente, fue incapaz. Tanis estuvo a punto, pero no pudo hacerlo al contemplar mis ojos llorosos y mi mirada de terror. Fue aflojando sus manos y se incorporó jadeando. Aún no comprendo cómo pudo suceder todo tan rápido. Ni podía ni quería asimilarlo, pero tampoco sabía qué hacer para que terminase esa pesadilla. Me quedé observando los movimientos de Tanis de un lado a otro de la habitación.

—¿Adónde vas? —me atreví a preguntar—. ¿Vamos a cenar?

—O vas tú o voy yo. Juntos no iremos a ninguna parte.

Después del portazo, rompí a llorar angustiosamente y me abracé a la almohada. Ya no tenía hambre, pero estaba muerta de miedo y de tristeza. Nunca me he sentido tan sola como en aquellos momentos, en un país cuyo único contacto con el mundo era un hombre al que amaba profundamente, pero que se comportaba como un perturbado. Un loco que había estado a punto de pegarme. Era imposible entender por qué la joya le había provocado semejante ataque de furia. Más allá de lo que pudiese significar, carecía del menor sentido que tuviera celos de Bashir, sobre todo porque a mí no me interesaba en absoluto. De buena gana hubiera tirado por la ventana la dichosa joya palestina.

Estuve esperándole despierta toda la noche. Apareció al amanecer y me ordenó que recogiera la habitación e hiciera el equipaje. Yo, cómo no, obedecí. Recuperé la película virgen que había guardado en la nevera, las cámaras de fotos, la ropa y los zapatos y en diez minutos estaba dispuesta.

Regresamos a Argel sin finalizar el itinerario previsto. No hubo ni visitas a Orán ni más incursiones en el desierto. Tanis se disculpó con Bashir y el resto de la delegación diciendo que le reclamaban del periódico porque había sucedido un imprevisto y tenía que encargarse de resolverlo en Madrid. No permitió que su amigo me viese. Tampoco me dejó despedirme de Nadia. Pusieron un coche a nuestra disposición para que nos llevase del hotel directamente al aeropuerto de Argel.

El viaje de vuelta fue infernal. Estuve sollozando durante todo el vuelo. Deseaba llegar a Madrid para terminar con aquella pesadilla, pero, al mismo tiempo, me aterraba la idea de que aquel fuese el final definitivo de una historia que me devoraba por dentro. No podría desahogarme con nadie, porque nadie sabía lo nuestro. Para colmo, había suplicado a Tanis que me perdonase por un supuesto pecado no cometido, le había jurado que jamás volvería a mirar a su amigo Bashir, que enterraría la joya en el desierto..., pero Tanis no tuvo piedad: demasiado tarde. Me condenó a un silencio más cruel que las palabras más ofensivas.

«Contigo hubiera podido ser diferente»... Lástima que no fuera cierto... No podía sentirme más desdichada. Me veía pequeña, indefensa, insignificante, incapaz de resolver aquella situación. Me creía aún menos de lo que era. Iba tan angustiada que había olvidado el pánico a volar y miraba obsesivamente por la ventanilla del avión los fragmentos azules del mar que aparecían entre las nubes. No pretendía que me hablase, pero de tanto en tanto no podía evitar echarle una mirada con gesto de súplica mientras él se mantenía lejano, envarado, tieso como un palo, dispuesto a no hacer la menor concesión y rehuyendo en todo momento el contacto. Me preguntaba, una y otra vez, qué me atraía tanto de aquel hombre insensible que me estaba amargando la vida desde el día que le conocí. ¿Qué me impedía apartarme de él? Durante el escaso tiempo que llevábamos juntos había tenido las suficientes disputas como para cortar la relación. Me sentía paralizada frente a su dominio. Era incapaz de desprenderme de él porque le quería aunque, por otra parte, deseaba con todas mis fuerzas romper los hilos que me mantenían atada a una relación borrascosa. No sabía cómo librarme de aquel suplicio. ¡Dios santo! ¿Qué pecado había cometido aceptando aquel regalo trivial? ¿Qué le inducía a pensar en cualquier clase de traición? ¿Acaso Bashir le había dicho algo comprometido? Tal vez era él quien estaba encizañando lo nuestro. De todos modos, Tanis era un tipo desconfiado y manipulador, de los que hacen la vida imposible a las mujeres que los aman. Todavía estaba a tiempo de rebelarme. Así que cuando el avión aterrizó en el aeropuerto de Barajas, juré que me alejaría de Tanis. Ojalá hubiese sabido cómo hacerlo.

13

Después del regreso de Argel y de mi reincorporación al periódico me mantuve lejos de Tanis tanto tiempo como pude. Estaba decidida a no volver jamás con él. Al principio, no necesité esforzarme mucho por no romper mi promesa, porque él ni siquiera me miraba. Al terminar el trabajo, coincidimos muchas noches en alguno de los lugares de peregrinación noctámbula. Cuando cenábamos, cosa que sucedía con poca frecuencia, lo hacíamos en Casa Pepe, Carmencita, Casa Anselmo o El Comunista, luego tomábamos una copa en Oliver y, para rematar la noche —más bien, al amanecer—, nos acercábamos a escuchar boleros en El Junco o a bailar en Carrusel. Carmela, como si fuera el perrito faldero de Tanis, le seguía a todas partes. Algunas veces, él lograba darle esquinazo y aparecía en compañía de otras mujeres. Una de sus inseparables era Graciela, pero no acostumbraba a sacarla de los alrededores del Gijón, así que su radio de acción era más bien limitado. Graciela era otra de las que amaban a Tanis por encima de todo. No permitía que nadie hablase mal de él y, por supuesto, odiaba a cuantas mariposeaban a su alrededor. A la que menos, nadie sabe por qué, a Carmela; a la que más, tampoco tiene explicación, a mí. Puede que Tanis le hubiese hecho alguna confidencia sobre nuestra tórrida relación y tal vez por eso me la tenía jurada.

En pocos meses conseguí integrarme plenamente en la redacción de *El Hispano.* No solo gracias a mi amigo Pedro Vidal —factótum oficioso de la línea editorial y amigo íntimo de los nuevos propietarios—, sino también porque compartía ideas y aficiones con los redactores jóvenes; esos a los que Liberto describió como inexpertos compañeros de viaje que se creían los amos del mundo y que acabaron manipulados por los dueños del capital. Era cierto que éramos unos ilusos. Nos íbamos de fiesta cada vez que lográbamos colar una noticia sobre el paro minero en León, los altercados en la universidad madrileña o los escándalos de la CIA. Cada alusión al Club de Amigos de la Unesco, donde se celebraban clandestinamente toda clase de reuniones subversivas, nos parecía una proeza, algo así como introducir una bomba de efecto retardado en el palacio de El Pardo, la guarida del dictador. Poco nos importaba que al lado de nuestras heroicas informaciones contra el Tribunal de Orden Público (el redactor jefe lo publicaba en un cuerpo de letra minúsculo para dificultar su lectura) apareciese a todo trapo un titular a cuatro columnas glorificando las andanzas del marqués de Villaverde, yernísimo de Franco, que presumía de ser un afamado cirujano. Era el peaje que el periódico debía pagar por sus pecados aperturistas.

Pero nosotros, jóvenes e inexpertos, estábamos cumpliendo con la sagrada tarea de socavar los cimientos de la dictadura mediante el ejercicio de la libertad de expresión. Cada vez que yo enfocaba el objetivo de mi cámara hacia el entrevistado de turno, sentía que estaba contribuyendo, aunque fuera modestamente, a la gran labor histórica de cargarme a Franco. Mi sueño era ser enviada especial en el frente de Vietnam, como Eugenia Serrano u Oriana Fallaci, para dar testimonio de la derrota de las tropas norteamericanas frente a los heroicos guerrilleros de Vietnam del Norte.

Así eran las cosas en aquellos tiempos; los periodistas estábamos henchidos de orgullo y dignidad. La extraordinaria cobertura informativa de aquella guerra, tan injusta como todas las guerras, suministró un aluvión de pruebas para denunciar las continuas violaciones de los derechos humanos.

Me impactó de manera especial la imagen de Kim Phuc, la niña norvietnamita de nueve años que corría desnuda, con el cuerpo quemado, víctima del bombardeo de napalm lanzado por la aviación estadounidense sobre la población civil. Lo que hubiera dado por hacer la famosa foto, publicada en las primeras páginas de los diarios de todo el mundo, que precipitó el final de la guerra. Quedó para la historia. A partir de ese momento, se despertó la indignación de los ciudadanos norteamericanos que empezaron a criticar en masa los abusos de sus tropas.

Me hubiera gustado cambiarme por el autor de la imagen, el fotógrafo conocido como Nick Ut, no solo porque le dieron el World Press Photo y el Premio Pulizter, sino por contribuir con su trabajo a la pacificación de Vietnam. Yo nunca conseguí un Pulizter, pero me conformo con el galardón que lleva el nombre del que fue mi amante. Y aunque no sea lo mismo, este reconocimiento supone cerrar el círculo que inicié jugando una partida de *flipper* en un bar frente a *El Hispano,* una mañana de hace tantos años.

Al cabo de unos meses de mi entrada en el periódico ya había trabajado con la mayoría de los redactores. Hice unas preciosas fotos a Pinito del Oro subida en el trapecio, durante uno de sus últimos ensayos en el circo Price, poco antes de su retirada definitiva. Me fascinaba aquella mujer. Era la mejor trapecista del mundo, la única capaz de romper la ley de la gravedad. La pena es que no nos dejó ver sus cicatrices, pero nos contó que había estado a punto de matarse en tres ocasiones; las mismas que se rompió el cráneo, las manos y los pies. No recordaba la cantidad de veces que había pasado por el quirófano, pero sí que estuvo en coma cuando tenía diecisiete años y la dieron por muerta. «Al final resucité», nos dijo. Tenía la mala y heroica costumbre de subirse al trapecio sin red, treinta metros sobre el suelo, con la única protección de los brazos de su primer marido, que la salvó de algunos golpes mortales, aunque no siempre pudo evitar que tras alguna caída se estampara la cabeza contra el suelo. La foto de Pinito del Oro apareció con mi firma publicada en la primera del periódico. Fue un éxito. También viajé a Barcelona para entrevistar a Gabriel García Márquez. Se había instalado allí con su familia para escribir la novela de un dictador, *El otoño del patriarca*, la historia del tirano contemporáneo, que publicó el mismo año de la muerte de Franco.

Cuando fui a entrevistarle con el redactor de Cultura, García Márquez era ya un escritor famoso por el reciente éxito de *Cien años de soledad*, pero, además, tuvimos la suerte de que entrase en detalles sobre el escándalo del «caso Padilla». ¿Quién se acuerda a estas alturas del poeta Heberto Padilla? Su detención, sin embargo, marcó un antes y un después para la imagen de Fidel Castro. Padilla era un poeta que fue encarcelado en La Habana bajo la acusación de realizar actividades subversivas contra el Gobierno Revolucionario de Cuba. Los censores del régimen habían descubierto que su más reciente libro de poemas, *Fuera de juego*, contenía críticas contrarrevolucionarias. Dicen que fue torturado en prisión para obligarle a hacer una vergonzosa y grotesca «autocrítica», en la que se arrepentía públicamente de haber sido ingrato con Fidel, de contagiarse de los hábitos burgueses de los «intelectuales de salón» y de cometer otros «crímenes» contrarrevolucionarios, como la egolatría y la vanidad; «pecados» en los que implicó a su propia esposa y a varios amigos escritores, cuya integridad física corría peligro dentro de Cuba.

García Márquez nos explicó durante la entrevista que la historia de Padilla no era cierta. Se trataba de pura propaganda anticastrista difundida por la CIA y por los exiliados cubanos en Miami, a los que llamó «gusanos». Entonces todos admirábamos a los héroes de la revolución cubana, Fidel y compañía, y nos parecía insólito que en la isla se cometiese cualquier atentado contra los derechos humanos. Así que nos creímos la versión de Gabo a pies juntillas. De la verdad nos enteramos mucho después. Solo cuando el pobre Padilla prometió rehabilitarse y aceptó hacer una confesión pública de lo que había sido su error, al viejo estilo estalinista, le dejaron salir de prisión. Para entonces su historia había sido denunciada por numerosos intelectuales y artistas de la izquierda internacional que, por primera vez, rompieron sus idílicas relaciones con Fidel Castro. Se sentían traicionados y escribieron un manifiesto detallando los motivos de su enorme decepción. La carta de protesta iba firmada por Mario Vargas Llosa, Jean-Paul Sartre y

Simone de Beauvoir, Marguerite Duras, Alberto Moravia, Juan Rulfo, Octavio Paz, Susan Sontag y muchos más.

También tuvo enorme trascendencia la expulsión de Cuba del escritor chileno Jorge Edwards, meses después de su nombramiento como embajador del gobierno de Salvador Allende en La Habana. Le echaron porque dijo que Fidel era un dictador como otro cualquiera y eso sentó fatal tanto en la derecha como en la izquierda, que en aquellos tiempos era muy maniquea y no soportaba las medias tintas. Edwards contó sus desventuras diplomáticas en un libro titulado *Persona non grata,* donde hacía una crítica corrosiva del comunismo. Gabriel García Márquez fue de los pocos que se pusieron de parte de Fidel y en contra de los que habían sido sus amigos hasta entonces y así lo ratificó en la entrevista que le hicimos en Barcelona y que apareció, de nuevo como un gran *scoop,* en la primera página de *El Hispano.* El cisma entre los escritores latinoamericanos se prolongó a lo largo de mucho tiempo.

14

A pesar de mi nueva actividad laboral, no abandoné mis estudios en la universidad. Mi facultad permanecía abierta, no así la de Ciencias Políticas y Económicas, que el ministro de Educación cerraba de manera intermitente cada vez que se celebraban asambleas informativas en el vestíbulo, seguidas de manifestaciones donde se gritaban consignas revolucionarias, y la posterior e inevitable quema de banderas españolas. La policía rodeaba el campus y practicaba las correspondientes detenciones, frente a las cuales se producían nuevas protestas para exigir la liberación de los detenidos.

En una de esas, vi aparecer a Tanis por el edificio de Políticas para informarse de cuándo se iban a levantar las sanciones impuestas a los últimos representantes estudiantiles detenidos. Yo estaba husmeando por allí, pero él no me vio. Acababan de abrir la facultad. Los alumnos celebraban una asamblea cuando vieron aparecer a varios policías camuflados paseándose con total libertad por los pasillos. Tanis les hizo algunas fotos y tomó la palabra para explicar que era periodista de *El Hispano,* que aquello le parecía una invasión en toda regla y que no lo podían tolerar, así que informaría en el periódico de lo que estaba sucediendo. Un instante después, los reunidos empezaron a gritar «¡Fuera policía de la universidad!». Los policías avanzaron hasta la sala de profesores, mientras los alumnos cerraban las puertas de acceso a la facultad, cogían los extintores e intentaban utilizarlos contra los intrusos. Al tiempo, había irrumpido un refuerzo de policías uniformados con porras en la mano, para defender a sus compañeros atrapados entre el decanato y los estudiantes. El decano y varios catedráticos lograron frenar lo que podía haber sido una masacre, a cambio de la promesa de la policía de no practicar nuevas detenciones, con una sola excepción: la del tipo que había hostigado a los estudiantes contra las fuerzas de orden público. De nada le valió a Tanis repetir que era periodista y que trabajaba para *El Hispano*; por el contrario, fue un agravante para los policías. Se lo llevaron esposado sin que el decano moviese un dedo para evitarlo.

Yo estaba en la asamblea y lo vi todo. Salí corriendo a la puerta de la facultad para llamar desde una cabina telefónica a Pedro Vidal y contarle que Tanis había sido detenido y que, probablemente, se lo llevarían a los calabozos de la Puerta del Sol.

—Y tú, ¿dónde estás? —me preguntó Pedro, más preocupado por mí suerte que por la de Tanis.

—Esperando que se despeje el panorama para salir de aquí. Yo también he hecho algunas fotos de los incidentes. Llevo la cámara en el bolso.

—Que no te pille la poli con eso encima. ¡Esconde la cámara o deshazte de ella! —me dijo.

—No te preocupes. Ya ha pasado el peligro. Voy hacia el periódico. Lo importante es que saques a Tanis de allí.

Logré llegar al periódico donde pude entregar las fotos. Al cabo de un buen rato me llamó Pedro y me dijo que subiese con Carmela al despacho de Santiago Soler, le explicase la situación de Tanis y le pidiese, de su parte, el dinero que le habían puesto como fianza para dejarle en libertad. Cuando lo consiguiera, debía dárselo a Carmela para que se lo acercase a él a la Puerta del Sol. Así lo hice. Tuve que pasar una doble humillación: subir con ella a pedirle el dinero a Soler, cuya buena disposición nos sorprendió, y decirle a Carmela que era la encargada de llevar el dinero al lugar donde Pedro y ella tenían que esperar la salida de Tanis. Un mandamás de la policía, amigo de Pedro, le había prometido que cuidaría del periodista detenido.

Ya en el periódico, Pedro hizo una narración detallada de lo que Tanis le había contado. Esto fue lo que saqué en claro:

A Tanis le quitaron la cámara y destruyeron el material fotográfico delante de sus narices.

—¿Qué pretendías, cabrón? ¿Darle las fotos al hijo de puta de *Le Monde* para que las publique y organice una bronca como la que montó el otro día con un puñado de sicarios comunistas delante de la embajada española? —le interrogaba un policía mientras le agarraba de los pelos para que levantase la cabeza—. ¿Así que trabajas en ese periodicucho de mierda? Pues peor me lo pones, rata. O mejor dicho: peor te lo pones. No te vas a librar por eso.

Desde que Tanis se había identificado pidió insistentemente que le dejasen llamar a *El Hispano* para demostrarles que había acudido a la facultad en misión informativa, pero sus explicaciones fueron inútiles.

—Déjale, coño, no ves que este no pinta nada —decía el que hacía las veces de poli bueno.

Después de un breve interrogatorio, un par de puñetazos en el estómago y otro en la nariz, que le provocó una aparatosa hemorragia, le enviaron a uno de los calabozos situado en los sótanos del edificio de la Puerta del Sol, donde estaba la sede de la Dirección General de Seguridad. Pasó allí un par de horas, sin luz, tumbado en un asqueroso jergón de borra, deformado y maloliente, hasta que oyó los pasos de alguien que se acercaba. A los pocos segundos se abrían los cerrojos de la puerta de la celda.

—¡Vamos, gilipollas, arriba! Has tenido suerte, te quiere ver el jefe.

Subió la escalera todavía aturdido, recorrió unos cuantos pasillos y se encontró de nuevo sentado en la misma silla y en el mismo despacho.

—¿Le quito las esposas, jefe? —preguntó un policía solícito que llevaba gafas negras y una colilla en la comisura de los labios.

—No, no hace falta —respondió el jefe, un cincuentón bajito, calvo y regordete—. Pero tráele un café, que el hombre tendrá el estómago vacío. ¿Tienes sed? —le preguntó con una insólita amabilidad.

Tanis desconfiaba de las buenas maneras del poli, porque la vez anterior, tras cada respuesta supuestamente amable, le caía un puñetazo. De modo que no contestó.

—Que si quieres un café —insistió el jefe.

—Prefiero un poco de agua —acertó a decir Tanis, que estaba sediento.

—No, hombre, no. Un cafelito caliente te templará un poco, que ahí abajo habrás pasado frío.

El despacho estaba lleno de mirones en mangas de camisa que fumaban sin interrupción. El ventanal daba a una calle estrecha, desde la que entraba un haz de luz que dejaba ver una nube densa producida por el humo del tabaco. El poli de las gafas negras llevó el café y lo dejó sobre la mesa. Y ante el asombro de todos los presentes, el jefe cogió el vaso con sus propias manos y se lo puso en los labios para que diera unos sorbos. Tanis tragaba con miedo a que le esperase alguna sorpresa, pero el espectáculo finalizó sin incidentes.

—¿Te encuentras mejor?

—Sí —respondió Tanis, todavía desconcertado.

—Bueno, vamos a ver. Te trataremos bien por ser amigo de quien eres. Estamos esperando que nos traigan la fianza que ha pedido el juez y, en cuanto llegue, te podrás largar.

No se atrevió a preguntar quién era su amigo, ni dónde estaba el juez, si es que lo había, ni a qué fianza se referían, ni quién la iba a pagar. Únicamente quería escapar de allí, aunque le quedaba la duda de que toda aquella puesta en escena fuera un montaje previo a un nuevo interrogatorio o algo peor. Los policías le dieron la espalda durante un buen rato y el jefe iba y venía al despacho contiguo a llamar por teléfono, mientras Tanis, inquieto y ofuscado, con las muñecas doloridas por las esposas y la postura forzada con los brazos detrás de la silla, tuvo que permanecer en esa posición un largo rato. A ninguno de los funcionarios que entraban y salían del despacho parecía importarle aquel individuo. Hasta que, al fin, volvió a entrar el jefe regordete.

—Ya está todo resuelto, te puedes marchar. Y ojito con dónde metes las narices, que estás fichado y la próxima vez no saldrás tan fácilmente.

El poli de las gafas negras le quitó las esposas, al tiempo que le susurraba al oído:

—Cuidado con lo que haces, periodista de mierda.

Le acompañó a la salida de la calle del Correo, donde le estaban esperando Pedro y Carmela, quien nada más verle se lanzó a su cuello. Tanis permanecía erguido, le pidió un peine, se atusó el pelo, se desabrochó el cinturón y se metió la camisa dentro de los pantalones, tratando de recobrar la dignidad perdida. Y enseguida comenzó su propio interrogatorio.

—¿Me podéis explicar qué ha pasado? ¿Quién me ha sacado de aquí y qué es eso de que el juez ha pedido una fianza, si yo en ningún momento he pasado a disposición judicial? ¿Quién y cuánto ha pagado a estos cerdos y de dónde ha salido ese dinero?

—Detente, danos un respiro, celebremos que estás libre y vamos a tomar una caña ahí enfrente.

—No, Pedro, no quiero nada. Me voy a casa en cuanto me aclaréis mi situación.

—Pero vamos a tomar algo —insistió Carmela—. ¿Te han tratado bien?

—¿Esos hijos de puta? ¿Tú qué crees?

—Vamos, vamos, no será para tanto, haz caso a Carmela y hablemos tranquilamente —sentenció Pedro.

Accedió a entrar en el bar más cercano, pero al ver que estaba lleno de policías de uniforme y de paisano, salió escopetado. Caminaron por la Calle Mayor hasta llegar a una cervecería donde había poca gente. Se sentaron en las sillas de madera que rodeaban un pequeño velador de mármol y pidieron unas cervezas. Tanis se quedó sorprendido ante las explicaciones de Pedro.

—Fue Muriel quien dio la voz de alarma, porque estaba

en la facultad y vio cómo te detenían. Enseguida llamé a Saturnino y me dijo que, en efecto, estabas allí porque habías provocado un grave altercado entre los estudiantes y la policía. Me habló de que los incitaste a incendiar el despacho donde se habían encerrado para protegerse; que después del interrogatorio y de haberte tomado declaración, el juez del TOP había decretado el pago de una fianza para ponerte en libertad, y que, en consideración a mi interés, te dejarían salir antes de lo previsto.

—¿Quién es el tal Saturnino?

—Eso es lo de menos... Un viejo conocido mío que manda mucho en estos asuntos. Da igual quién sea, el caso es que hemos podido sacarte de ahí.

—¿Ese grandísimo hijo de puta es amigo tuyo? —preguntó encendido Tanis, que ya había adivinado de quién se trataba.

—Pues gracias a ese grandísimo hijo de puta estás aquí. Hay que tener amigos hasta en el infierno, entérate.

—Aclárame lo del juez. Yo no he pasado por ningún juzgado.

—Oye, macho, ¿dónde te crees que vives? —apuntó Pedro con ironía—. Digamos que el juzgado pasó por ti.

—Ya... Imagino que también tengo que darte las gracias por el dinero de la fianza.

—No, en eso Muriel estuvo rápida: se lo pidió a Santiago Soler con el argumento de que como ibas enviado por el periódico, tenía que hacerse cargo de los gastos. Chica lista, Muriel, y con gran poder de convicción. Yo sé que nadie te mandó meter allí las narices, pero, en fin, hicieron la vista gorda. Fue asombroso que Soler accediera así sin más; otras veces no lo ha hecho. Y no lo entiendo, porque me consta que no te tiene la menor simpatía.

—Me revienta deberle un favor a esa sabandija.

—El favor se lo debes a Muriel, que se ha ocupado de todo. No sabes cómo lo peleó.

—Bueno, que a su despacho subimos las dos —intervino Carmela—. Le dijimos a Santiago Soler lo que estaba pasando y que necesitábamos quince mil pesetas para la fianza, pero que haríamos una colecta en la redacción para devolvérselas lo antes posible.

—¿Qué me dices? Encima esos ladrones nos han robado quince mil pesetas...

—Bueno, no te preocupes por el dinero, seguro que Soler se hace cargo de una parte. O de todo. Pero ¡deja de darle vueltas! Cualquiera diría que no te alegras de estar fuera. ¿Tan bien te han tratado, canalla?

Finalizadas las cervezas, fue cuando Pedro vino al periódico para explicarme lo sucedido y le dijo a Tanis que se apresurase porque estarían todos esperándole en la redacción.

15

Cuando acudía demasiada gente a las reuniones del periódico era necesario utilizar los pasillos, el distribuidor y varios despachos contiguos comunicados por puertas angostas, porque no existía ninguna sala de reuniones con el suficiente aforo para acoger a tres docenas de personas. Si la convocatoria se hacía extensiva a todo el personal, redacción y talleres, tocaba trasladarse a los sótanos del edificio. La gente se acomodaba como buenamente podía entre la rotativa, las platinas y las inmensas bobinas de papel que pesaban cuatrocientos o quinientos kilos, pero tenía la ventaja de que era un espacio diáfano, sin tabiques, lo cual permitía oír con claridad la voz del orador. Las concentraciones en los talleres desprendían un aroma decimonónico, no solo por el fuerte olor a tinta, a papel e incluso al guiso que recalentaban los operarios en un pequeño brasero que hacía las veces de hornillo, sino porque las expresiones adquirían un tono mitinero, conspirativo y revolucionario. Para referirse a los demás —ya fueran directivos de la empresa, redactores u obreros—, se utilizaba siempre la palabra *compañero.* Solo Santiago Soler le añadía un matiz significativo. Se lo oí por primera vez cuando me facilitó el dinero de la fianza para Tanis:

—Aunque nuestros objetivos sean distintos, la coyuntura política nos ha convertido en compañeros de viaje.

Quedaba así bien delimitada la frontera entre el jefe y nosotros, sus subordinados. Solo éramos compañeros de un único viaje. Nadie pretendía lo contrario y yo menos que nadie. No le podía soportar. Era un tipo turbio con una trayectoria personal plagada de sombras.

El conserje había dado la voz de alarma. Tanis estaba a punto de llegar. Había entrado en la redacción seguido de la ineludible Carmela y ya se empezaban a oír los murmullos de la gente agolpada al final de la escalera. Hizo su aparición triunfal en la asamblea con el pelo todavía mojado de la ducha, una impecable camisa blanca y una mueca de enorme satisfacción en la cara, aunque su nariz aún mostraba la huella de los malos tratos a los que se refirió Pedro. Los compañeros irrumpieron en aplausos y le invitaron a subirse a la rudimentaria tribuna para que contase los pormenores de la detención y su paso por los calabozos. Junto a él, en el improvisado escenario, se encontraban Santiago Soler, como consejero delegado y el director, Matías Roldán. Yo estaba subida a una escalera, profundamente satisfecha de haber contribuido a conseguir su libertad.

Tras el sobrio relato de Tanis, el director le dedicó unas palabras de apoyo, para dar paso a la intervención estelar de Soler, que aprovechó la ocasión, una vez más, para reiterar que las circunstancias históricas y la defensa de la libertad de expresión habían convertido a todos los presentes, al margen de sus respectivas ideologías, en compañeros de viaje. Me asqueaba la expresión. Todos sus gestos estaban minuciosamente estudiados. Cada vez que arengaba a las masas, se quitaba la chaqueta y la tiraba con un ademán de elegante indolencia sobre cualquier lugar —a menudo al suelo—, se aflojaba el nudo de la corbata, se desabrochaba un par de botones de la camisa, se remangaba e iniciaba con tono firme un discurso salpicado de consignas. Al final, se enardecía aún más y alzaba la voz para arrancar los aplausos del auditorio. Admito que Soler era un magnífico orador, demagogo y populista, pero se metía a la gente en un bolsillo.

Mientras nuestro consejero delegado hablaba, me di cuenta de que la mirada de Tanis recorría el auditorio hasta cruzarse con la mía. Por primera vez desde nuestro accidentado viaje argelino, nos miramos a los ojos ininterrumpidamente durante casi un minuto. Luego me hizo un gesto con la mano apenas perceptible, que yo me precipité a interpretar como una señal de arrepentimiento, de reconciliación o de súplica. Lo único que me importó desde aquel momento fue el reencuentro con él. Ya sé que era solo un cruce de miradas, pero me empeñé en verle al finalizar el acto. Teníamos mucho que decirnos sobre varios asuntos pendientes. La situación se complicaba, porque los compañeros querían saber más detalles del incidente y se acercaban a Tanis para que les dedicase un relato pormenorizado. Yo me quedé al pie de la escalera charlando con Pedro, pero sin dejar de mirarle, hasta que Tanis se nos unió para decir que se iban a tomar unas copas a El Junco.

—Te agradezco mucho lo que has hecho por mí —me dijo antes de separarse de nosotros.

—Lo hubiera hecho por cualquiera que se encontrase en tu situación —le mentí.

—No lo creo, la verdad. No lo creo. ¿Por qué no vienes con nosotros y lo discutimos? —empleó su tono de voz más persuasivo.

—Está bien, discutámoslo.

No pude evitar que se me escapase una amplia y delatora sonrisa, a pesar de que no me hacía la menor gracia tener que compartir las copas en El Junco con Carmela, Bashir, Pedro y el resto de la corte habitual que le seguía a todas partes. Aun así, merecía la pena ir. Nunca le había visto tan agradecido y tenía muchas ganas de hablar con calma con él después de tanto tiempo. Creí haber superado mi dependencia y, por unos instantes, pensé que podíamos reanudar —empezar más bien— una relación como la que tendrían dos buenos amigos. Ya no estaba enfadada. Y tampoco le quería, al menos no estaba enamorada de él como lo estuve durante aquellos días turbulentos en Argelia.

Había identificado muchas veces mi pasión por Tanis con las palpitaciones en el estómago, el insomnio, los eritemas en la cara, los cardenales en el cuerpo, el dolor de espalda, las llantinas y el desasosiego constante. Por eso no quería volver a enamorarme nunca más; no de esa manera tan dañina y virulenta. Lo único que deseaba en aquellos momentos era conseguir una buena relación con un hombre que había sido mi amante, pero quería que se transformase en un buen amigo para comer con él de vez en cuando, contarle cómo me iban las cosas, pedirle que me echase una mano cuando fuera necesario, tomarme unas copas y emborracharme algún día. Estaba convencida de que unas relaciones esporádicas no lograrían volver a trastornarme la vida. ¿Cómo explicarle sosegadamente que quería ser su colega, hacer las fotos de sus reportajes, llamarle a cualquier hora del día o de la noche, sin que su perrita faldera, su devota Carmela, pusiera el menor impedimento? De verdad creía que podíamos aspirar a esa clase de amistad, pero al darme cuenta de lo mucho que me irritaba la presencia de ella, empecé a desconfiar y pensé en la posibilidad de que todavía quedase en mí algún rescoldo.

Necesité cargarme de razones para justificar mi animadversión por Carmela, con la que había llegado a mantener una relación muy civilizada. Y es que era ella la desconfiada, la que impedía nuestra amistad, la que intentaba por todos los medios evitar que participase en las reuniones del periódico. La que cuando nos juntábamos se las ingeniaba para sentarse siempre entre Tanis y Bashir, dando a entender que cada uno le pertenecía a su manera. También pensé que, de paso, podía recuperar mi relación con el palestino, interrumpida de forma tan brusca al considerarle el desencadenante del brutal ataque de celos de Tanis. En realidad, Bashir era un tipo simpático, inteligente, sensible y muy divertido para tenerle como amigo. Sí, solo como amigo.

Cuando llegamos a El Junco, el primer contratiempo que me sacó de mis ensoñaciones fue comprobar cómo Carmela se precipitaba para situar a Bashir a su derecha y a Tanis a su izquierda. El resto de la comitiva nos sentamos frente a ellos. ¡Qué habilidad tenía para controlar la escena! Esta vez, sin embargo, me armé de valor, vacié mi copa a la carrera y dirigiéndome a Tanis le dije:

—¿Tú y yo no teníamos una conversación pendiente? Acompáñame a la barra a pedir otra. —Me atreví a pedírselo a pesar de la furibunda mirada que me echó aquella mujer.

—Cierto, compañera, tenemos mucho que despachar. Disculpadnos.

Dio un salto por encima de Carmela, me cogió del brazo y me llevó hacia la barra, luego acercó dos taburetes y pidió dos cubalibres de Havana Club.

—Añejo, siete años —aclaró al aplicado camarero, que no tardó ni un segundo en llenar generosamente los dos vasos de tubo—. ¿No crees que la ocasión lo merece, morena?

—Tu libertad lo merece, brindemos por ella.

—Prefiero brindar por este reencuentro —confesó al tiempo que chocaban las copas—. En serio, Muriel, tengo que darte las gracias mil veces por todo lo que has hecho por mí.

—Ya te dije que lo hubiera hecho por cualquier compañero.

—Y yo ya te he dicho que no estoy tan seguro. Al menos, permíteme que lo dude. Prefiero dudarlo.

—Bueno, eso nunca lo sabremos con seguridad, así que no le des más vueltas.

—Tú tampoco sabrás nunca con seguridad cuánto te he echado de menos —me susurró al oído.

Me alejé para mirarle a los ojos, para convencerme de que sus palabras eran ciertas. Mis firmes convicciones de la media hora anterior se desvanecieron y sentí, otra vez, las primeras palpitaciones en el estómago. Maldita sea. ¿Qué podía hacer ante la violenta atracción que sentía por aquel hombre que, en ese instante, se estaba quitando el jersey por la cabeza y remangándose la camisa? Al ver sus brazos morenos y musculosos, quise atusarle el pelo y suplicarle que se apretase contra mi pecho. No lo hice, pero estaba tan emocionada que se me humedecieron los ojos y él, consciente de mi debilidad, supo aprovechar el momento.

—¡Ay, Murielita mía! ¡Qué lejos habéis estado tú y tu

inconfundible olor! Lo que daría por abrazarte otra vez, fuerte, muy fuerte, y meter mi nariz en tu pelo, y sujetarte por las caderas...

—¡Tanis, por favor, no sigas!

—Y besarte las piernas, y comerme los pies y...

—¡Estás loco! Se van a dar cuenta.

—¿Crees que me importa?

—A mí sí.

—Pues no debería. Ven, vamos a bailar.

Me arrastró hacia la pista y me abrazó con todas sus fuerzas sin que yo me resistiera. Al contrario, me pegué como una lapa a su pecho, mientras mecía mi cuerpo al ritmo de un valsecito venezolano. Jamás entenderé mi debilidad por aquel hombre.

Quedaba media hora para que comenzase la actuación de Moncho. Cuando él empezaba a cantar todo el mundo volvía a sus asientos para escucharle con el silencio y la veneración que merecía el Rey del Bolero, pero ahora había tantas parejas en la diminuta pista de baile que yo pensé que pasaríamos inadvertidos. Dábamos pasitos muy cortos, apenas nos movíamos unos centímetros, con los cuerpos prensados el uno al otro. Tanis me manoseaba con desfachatez como si no existiera nadie alrededor nuestro. Estuvimos bailando durante el tiempo que duró la música, hasta que llegó Moncho y la pista se quedó desierta. Entonces Tanis me llevó de la mano hacia la salida y nos fuimos sin despedirnos del resto de los compañeros, ni siquiera de Bashir y Carmela, cuya mirada de indignación noté clavada en la nuca.

Ya en la puerta, sonreí, me puse de puntillas y le di mordiscos cariñosos en el cuello y unos cuantos lametones en la oreja. Nos subimos a un taxi y Tanis indicó al conductor la dirección de su casa.

—¡Me he dejado el bolso en la mesa! —recordé cuando ya se había puesto en marcha.

—No te preocupes, lo recogerán y te lo darán mañana. No vamos a volver por eso, ¿no? —me dijo mientras desabrochaba los botones de mi blusa, me acariciaba el pecho y me besaba en la boca.

—¡Eh, eh, o paran ustedes o paro yo y se van a la puta calle! —gritó el taxista mirando por el retrovisor—. No quiero guarradas en mi coche.

Me dejó un poco abochornada. Tanis me apartó con delicadeza y me abrochó la blusa. En aquellos tiempos, había que tener cierta precaución con los taxistas. A la mínima te llevaban a la comisaría. Permanecimos abrazados y en silencio durante el resto del trayecto que apenas duró cinco minutos.

Ya en casa de Tanis, cuando salimos del ascensor y llegamos al piso, estábamos medio desnudos. Abrió la puerta con prisas, me subió sobre la mesita de la entrada y me penetró contra la pared del recibidor. Luego me llevó a la cama, me quitó la poca ropa que me quedaba y me cubrió con una sábana limpia que desprendía un agradable olor a suavizante. Me sorprendió encontrar aquella habitación primorosamente ordenada.

Acababa de traicionar mi juramento. Me vi sonriente, vencida, rendida a sus encantos. ¿Cómo es posible? Me preguntaba una y otra vez. ¿Por qué no pude evitarlo?

Desperté envuelta en el inconfundible olor del jabón de las piezas multicolores que salía del cuarto de baño. Tanis se estaba duchando con la puerta abierta y, al verle desnudo y enjabonado, me di cuenta de que nunca había dejado de amarle. Estuvo tan entregado, generoso y comprensivo durante toda la noche, que de golpe me había devuelto la confianza, la seguridad y la euforia previa al desafortunado incidente del lapislázuli. Pensé que probablemente se debió a un error provocado por un estado de ánimo pasajero. «Cualquiera puede tener un mal día», traté de disculparle. Intenté olvidar que ese «ánimo pasajero», ese «mal día», en realidad había durado demasiado tiempo.

Después de aquella sesión de baile y de amor, pensé de nuevo que era mi hombre. Por eso la noche anterior había vuelto a repetirle que estaba preparada para ser otra vez su mujer árabe.

—¡Murielita! —gritó desde la ducha—. Tengo una sorpresa para ti.

—¿Una sorpresa? Ahora mismo voy a ducharme contigo.

Me metí en la bañera y me dejé enjabonar, mientras recibía un regalo maravilloso.

—Tengo un viaje a Córcega y quiero que me acompañes. Le pediré al jefe que hagas tú las fotos. ¿Te apetece?

—Iría aunque fuese a la Antártida, pero... ¡Córcega suena mucho mejor!

—¡Fantástico! Pues tendrás que marcharte ya para recoger las cámaras y hacer el equipaje, salimos mañana.

En la otra ocasión, al menos, había tenido un par de días para prepararme. Ahora ni siquiera me dejó pensarlo. Los viajes eran importantes para él porque, tal y como siempre repetía, lo que oyes y lo que ves lo recuerdas, pero lo que haces lo aprendes para siempre. Así que viajar era, sin duda, la mejor manera de aprender.

—¿Y a qué vamos? —quise saber.

—La excusa es el festival de música internacional que

se celebra en un pueblecito en el Cabo Córcega. Pero vamos a hacer mucho más que eso, ya lo verás.

No pudimos recrearnos en la ceremonia de la ducha porque teníamos que ir al periódico, luego a mi casa, volver a la de él y salir al día siguiente temprano al aeropuerto para llegar a tiempo al vuelo hacia Niza. Desde allí cogeríamos el *ferry* al puerto de Ajaccio y, por último, alquilaríamos un coche para llegar a nuestro destino, Porto Vecchio. Tanis había elegido un hotel en el puerto. Desde allí tenía previsto recorrer toda la isla. Las distancias eran muy cortas, de manera que tendríamos tiempo para todo. Me lo contaba mientras me vestía. Sonó el teléfono y fui a cogerlo.

—¡No contestes, no contestes! —vociferó—. Y recuérdame, por cierto, que me lleve la guitarra.

Sospeché que aquella inoportuna llamada era de Carmela y se me borró la sonrisa. Fue un momento, porque recordar lo que había vivido con él aquella noche me hizo recuperar enseguida el entusiasmo.

No era consciente de que me arriesgaba de nuevo al insomnio, las alergias, los dolores musculares, las lágrimas y el sufrimiento.

16

Según lo previsto, poco después de aterrizar en Niza ya estábamos surcando el Mediterráneo a bordo del *ferry* que nos llevó al puerto de Ajaccio. Allí nos esperaba una persona que exhibía un cartel bien visible con el nombre de mi acompañante. El hombre tenía poco más de treinta años, un físico contundente, más ancho que largo, calvo y barbudo, de ceño fruncido y voz áspera. Tanis, sorprendido por el recibimiento, se acercó a él y se identificó.

—Soy Estanislao Arenal.

—Encantado. Soy Nicola Mambrini —respondió en un español con fuerte acento francés—, y de parte de la organización, os doy la bienvenida a Corsica.

—Te lo agradezco, Nicola —respondió Tanis muy protocolario—. Ha sido una sorpresa. Creí que nos esperaríais directamente en Porto Vecchio.

—Puedes llamarme Nick.

En vista de que nadie me tenía en cuenta, decidí presentarme.

—Yo soy Muriel, la fotógrafa.

—Hola, Muriel. —Nicola estrechó tímidamente mi

mano—. Tenía que resolver algunos asuntos en Ajaccio y los compañeros me pidieron que os pusiera al corriente de nuestras actividades. Así que, si os parece bien, podemos dar una vuelta por la ciudad o tomar algo en cualquier sitio, antes de llevaros a Porto Vecchio. También hay buenas pizzerías por aquí. Lo digo por si tenéis hambre.

El tipo resultó ser algo más amable de lo que había parecido en un principio. Incluso se ofreció a llevarle a Tanis la guitarra mientras nos dirigíamos hacia el coche a dejar el equipaje.

—¡Hablas un español perfecto! —dijo Tanis haciéndose el simpático.

—Bueno, lo chapurreo. Me enseñó mi abuelo, que era asturiano.

—¿Cuál es tu trabajo en la organización? —pregunté sin tener la menor idea de dónde me estaba metiendo.

—Soy colega vuestro, además de músico, y me encargo de las relaciones con los compañeros periodistas. Tenemos mucho interés en que se difunda una buena imagen de la isla.

—Bueno, según tengo entendido, tampoco os interesa que os invadan los turistas —apuntó Tanis.

—Ya estamos invadidos —contestó Mambrini con aspereza—. Y no precisamente por los turistas, sino por los franceses.

—¿Es que no te gustan tus compatriotas? —volví a preguntar con total inocencia.

—Lo que no me gusta es vivir en un país ocupado. Yo soy corso, no francés. Vosotros los españoles sabéis bien lo que eso significa.

—Hace casi un par de siglos que dejamos de saberlo. Yo ya apenas me acuerdo —intenté quitarle hierro al asunto haciendo una gracia, a decir verdad con poco éxito.

—Me refiero al pueblo vasco. Ellos también luchan por su independencia, igual que nosotros.

Tanis me pellizcó con suavidad el brazo para indicarme que interrumpiera la conversación. Nick encajaba mal mis ironías y se estaba poniendo demasiado serio, así que le pasó un brazo por encima del hombro.

—Bueno, compañero, dejemos la charla para otro momento y vamos a comer algo. Tengo hambre y sed. Por cierto, has dicho que eres músico, ¿qué instrumento tocas?

—El mismo que tú: la guitarra.

—Seguro que lo haces mucho mejor. Yo, en realidad, solo sé unos cuantos acordes, para acompañarme un poco cuando canturreo.

—¿Qué tipo de canciones?

—Le doy a cualquier cosa, pero si me enseñas, puedo ampliar el repertorio. Me gusta mucho la música napolitana y, sobre todo, los cantos de la emigración.

—¿Conoces a Roberto Murolo?

—Claro que sí. Me gusta mucho.

—Lo celebro. Es el único cantante napolitano digno de respeto —sentenció Nick—. Los demás se han vendido a las compañías discográficas y solo hacen insufribles cancioncillas comerciales.

Tenía que andarme con pies de plomo porque al tal Nick, que en un principio parecía amable, no le gustaban las bromas. Y menos aún cuando se abordaban cuestiones relacionadas con la política, aunque fuera de manera remota. Había dejado bien claro que era un independentista radical y que detestaba todo lo que se desviase de su doctrina.

Como solía suceder, me debatía entre la curiosidad por descubrir la vida de los corsos a través de aquel hombre de carácter vehemente e inestable, y la necesidad de estar a solas con mi amado Tanis. Jamás me acostumbraría a tener que compartirlo con media humanidad. Fuera donde fuera, siempre estaba rodeado de gente de la que era imposible prescindir. Tendría que hacerme a la idea de que el único sitio donde se dedicaba solo a mí era en la cama. Por eso me molestaba tanto trasnochar. Se me hacían insoportables las largas sobremesas de las cenas, las copas, los brindis y las charlas posteriores que se prolongaban hasta el alba. Solo pensaba en el momento de la retirada hacia la habitación del hotel adonde solíamos llegar agotados y con demasiado alcohol para ponernos a hablar con sosiego, mano a mano, sin testigos no deseados. Lo único que no perdonábamos era hacer el amor, aunque fuera de un modo torpe y apresurado.

El corso nos acompañó durante un par de horas, el tiempo necesario para hacer una comida rápida, informarnos de algunos detalles del festival y recorrer Ajaccio en coche, antes de llevarnos hasta Porto Vecchio. Permanecimos un rato largo en la plaza de Austerlitz, donde se levantaba el monumento a Napoleón Bonaparte. Había centenares de estatuas distribuidas por todas las ciudades de la isla, pero la de Ajaccio era la más imponente.

—La escultura del emperador, con todos sus emblemas imperiales, es una réplica de la que existe en Hôtel des Invalides de París, donde descansan sus restos, y está situada en lo alto de una pirámide escalonada desde donde se contemplan las mejores vistas de la ciudad —nos explicó muy orgulloso Nicola.

Naturalmente, nos obligó a subir para mostrárnoslo.

—Ajaccio, como sabéis, es la cuna de Napoleón. Un hombre decisivo para la historia de Francia y del mundo —sentenció Nick con voz altisonante—. Hay vestigios suyos por todas partes. Es una pena que no nos dé tiempo a visitar su casa museo, los lugares donde jugó de niño o alguna de las hermosas villas de su familia, pero tendréis ocasión de volver otro día. Las distancias son muy cortas.

Suspiré agradecida por que fuese tarde. Aquel tipo me parecía una contradicción andante: un independentista corso fascinado por la figura del emperador Bonaparte que, no satisfecho con eso, tenía la osadía de despotricar contra sus colonizadores franceses con el más puro acento de Marsella.

—Ajaccio fue un asentamiento romano y un puerto importante hasta la Edad Media, pero la ciudad moderna la fundaron los genoveses el mismo año que Colón descubrió América. Y a finales del XVIII, la República de Génova se la vendió a los franceses. Desde mucho antes los corsos luchamos por la independencia. —No había manera de interrumpir su discurso turístico—. Esta es la capital de la conocida como isla de la Belleza o Île de Beauté, como la llamaron los galos. No en vano los griegos la bautizaron como Kallisté, la más bella. Aquí podréis descubrir maravillosas playas de arena blanca y fina y en el monte encontraréis más de un centenar de plantas autóctonas, flores con un aroma inolvidable y una infinidad de helechos que crecen por todas partes.

Se confirmaron mis sospechas al confesarnos que, antes de músico y periodista, se había ganado la vida como guía turístico, oficio que no le dejó buen sabor de boca. Por suerte, gracias a que hacía un tiempo radiante, soportamos con estoicismo la larga serie de lugares comunes que recitó Nick en tono enfático. Más de una vez hice intentos de interrumpirle para que aquello no se alargase demasiado. Como no lo lograba, tuve que cortar por lo sano.

—Se nos hace tarde. Estoy cansada y quisiera ir al hotel.

—Ha sido un error elegir un hotel en Porto Vecchio —opinó Nick, malhumorado, al ver que no podía hacer más alarde de sus conocimientos.

—No te preocupes, podemos ir por nuestra cuenta —le ofreció Tanis.

—¡Oh no, de ninguna manera! Os llevo sin problema. Si no lo digo por la distancia, sino porque es el lugar donde se concentra el turismo más masificado. La gente de Porto Vecchio y Bonifacio es poco auténtica, no tienen identidad. Solo les interesa sacar el dinero a los de fuera. Lo mejor, lo autóctono, todo lo que merece la pena conocer de la cultura corsa está en Bastia y sus alrededores.

—Entonces mañana lo conoceremos. Ahora, por favor, vayamos al hotel —insistí con gesto y voz de agotamiento—. ¿Cuánto tardaremos en llegar?

—Como un par de horas más o menos. Tenemos por delante ciento cuarenta kilómetros.

Durante las dos horas siguientes, Nick habló sin descanso.

Llegamos a Porto Vecchio cuando estaba anocheciendo. Nick se pasó la primera hora del trayecto pavoneándose de las maravillas isleñas. Reivindicó, cómo no, la huella napoleónica, pero también *El Contrato Social* de Jean-Jacques Rousseau donde, al parecer, se elogiaba la madurez política de los corsos del siglo XVIII, poco antes de la invasión francesa.

—¿Sabéis lo que escribió el gran revolucionario francés? «Tengo el presentimiento de que un día esta pequeña isla asombrará al mundo» —nos recitó con pedantería—. Y cuando vayáis a Bastia os enseñaré el monumento a Antoine de Saint-Exupéry, porque no sé si estáis enterados de que el autor de *El Principito* despegó con su Lockheed P-38 de esta isla para emprender su vuelo enigmático. Se lo tragó el Mediterráneo. Unos cuentan que fue derribado por la artillería alemana; otros, que la causa del accidente fue un fallo mecánico; y los que le conocían mejor sostienen que se suicidó. El caso es que su avión desapareció por arte de magia y su cuerpo no se ha recuperado.

—Eso me interesa más —le interrumpí—. Me impresionan esos aviones que desaparecen sin dejar rastro.

—Cuentan que se encontró una pulsera con los nombres de Antoine y Consuelo en la zona donde supuestamente se estrelló. Pero nadie sabe cuál fue su destino final.

Dejó a Saint-Exupéry para volver a su tema preferido. Ya en el último tramo del camino se dedicó a ensalzar de nuevo el carácter corso y sus irrenunciables ansias independentistas. Yo estaba un poco desorientada y pasaba por alto las incongruencias que repetía sin cesar nuestro anfitrión. Además de venerar la figura de Napoleón y odiar a los franceses colonizadores, pero no a los italianos invasores, hablaba un buen español con fuerte acento francés al que añadía algunos términos en italiano y, sin embargo, no pronunció ni una palabra en su propio idioma —aunque es cierto que nosotros no le hubiésemos comprendido—. Puso el grito en el cielo cuando Tanis comentó que muchos lingüistas consideraban el corso uno de los dialectos del toscano y que su música folclórica era tan parecida a las tarantelas napolitanas o a los cantos de los emigrantes sicilianos, que solo los más expertos podrían diferenciarlo. Respecto a la gastronomía, Nick adoraba la buena pasta, el entrecot a la pimienta y, cómo no, la langosta típica de la zona costera más frecuentada por la alta burguesía francesa.

Sus prejuicios sentimentales le impedían reconocer su mezcolanza de orígenes latinos, italianos, franceses e incluso españoles. Resultó ser un amasijo de contradicciones, a pesar de sus esfuerzos por presentarse como un corso de pura cepa, de una sola pieza.

Cuando al fin me vi en la puerta del hotel, a solas con Tanis, suspiré aliviada.

—¡Qué tío más pelmazo! —comenté.

—No parece mala gente —apostilló él—. Algo agreste, como todos los corsos.

—Me da igual cómo sea, como si le beatifican. Cada vez que cuenta una batallita corsa, amo más a Francia.

—Pues hazte a la idea de que no te lo vas a quitar de encima, no te queda más remedio que aguantarle. Será nuestro contacto en Bastia.

Llegamos ante el mostrador de recepción hechos polvo y con ganas de darnos una ducha. Enseguida salió el mozo del hotel para recoger el equipaje. Tanis cargó con las cámaras y me dio la guitarra. Nos atendió un hombre bigotudo, con el pelo largo engominado, exageradamente cordial. Nos dio la bienvenida como si fuéramos los clientes más importantes que habían pisado aquel hotelucho —por otra parte, cálido y acogedor— en años.

—Buenas noches y bienvenidos. Mi nombre es Piero y soy el dueño del hotel. Estoy a su disposición —dijo extendiendo la mano hacia Tanis.

Correspondí al saludo más lacónica que él.

—El señor ha pedido solo una habitación. ¿No es así, caballero? —le preguntó en francés a Tanis, dirigiéndose únicamente a él.

Tanis confirmó su información y el director le pidió el pasaporte con muchos aspavientos. Luego, añadió en tono de complicidad:

—Con su identificación es más que suficiente. No es necesario que se registre la señorita. Aquí somos más liberales que en España...

—¿Me da las llaves? —le cortó Tanis con brusquedad.

—Sí, claro. Quiero decirle que adoro a los artistas y...

—Yo no soy artista —interrumpí—, soy periodista. Bueno, en realidad, soy fotógrafa de prensa.

—Pero él... —señaló a Tanis con la mano abierta— ¡es un artista! Los distingo a varias leguas de distancia. El mozo le subirá el equipaje, caballero. Aquí no hay ascensor. Les he dado una *suite* con vistas al puerto, que es la mejor habitación del hotel, y además —dijo señalando la guitarra—, podrá tocar sin molestar a nadie, porque estarán solos en la tercera planta. ¡Adoro a los artistas! —repitió—. Les deseo una muy feliz estancia.

Tanis reiteró su agradecimiento y me cogió de la mano para ayudarme a subir por la empinada escalera de madera desgastada.

Y, en efecto, estábamos solos. En la tercera planta apenas había una buhardilla a la que pomposamente habían bautizado como *suite*. Abrimos la puerta y casi nos topamos con una enorme cama desvencijada, eso sí, con una especie de dosel adaptado a la inclinación de las vigas del techo. Teníamos que andar encorvados por una parte de la habitación para no abrirnos la crisma, sin embargo, descubrimos que podíamos disfrutar de un amplio y completo cuarto de baño y, sobre todo, un gran ventanal orientado al puerto desde el que se veían las luces de los barcos y la gente que bebía y cantaba en las terrazas. Nos pareció más que suficiente. En efecto, Tanis no molestaría a nadie con su guitarra, porque nadie podría distinguir su sonido en medio del estruendo musical que se oía a esas horas de la noche en la calle.

Lo primero que hizo antes de deshacer el equipaje fue llamar por teléfono al tal Piero y encargarle una botella de champán con algo de picoteo, un poco de queso y unas aceitunas. Después, se puso a afinar su guitarra. Yo me derrumbé sobre el colchón lleno de bultos y Tanis, satisfecho con el resultado obtenido, cerró la ventana y se sentó al borde de la cama dispuesto a ofrecerme, por primera vez, una serenata.

—¿Cansada?

—Derrotada.

—¿Quieres que te cante, Murielita?

—Me encantaría.

—Dime una canción.

—*Bésame mucho*... Como si fuera esta noche la última vez.

—No lo será, pequeña, te prometo que habrá muchas más.

Y empezó a cantar:

... quiero tenerte muy cerca,
mirarme en tus ojos,
verme junto a ti...

Tenía una voz maravillosa, con un acento tan sensual que me hizo creer, esta vez sí, que cumpliría su promesa de estar junto a mí muchas noches más. Nadie podría arrebatarme tanta dicha. A pesar del cansancio del momento, me sentí con fuerzas para luchar lo que fuese necesario por conseguirlo.

Después de aquel bolero sublime, hubo muchos más. Y cada vez que Tanis interrumpía sus cánticos para que brindásemos, yo le pedía que siguiese cantando.

—Otra más, por favor. *Amanecí en tus brazos*, te lo ruego, canta solo para mí. Es lo que más me gustaría del mundo, verte después de dormir, cada vez que abro los ojos. Todos los días de mi vida.

Y a continuación le pedí *La barca* y, como si fuera la primera vez que se había dicho en el mundo, él me la cantaba al oído:

... seguiré siendo el cautivo
de los caprichos de tu corazón.

La tibieza de la noche, el cielo intenso y estrellado, los efluvios del alcohol, los acordes de la guitarra, las letras de las más bellas canciones de amor y la cálida voz de mi enamorado provocaron en mí un efecto devastador.

—Canta solo para mí hasta que amanezca —le repetía una y otra vez.

—Me gusta tu mirada, el brillo de tus ojos, el color de tus labios. Eres una mujer maravillosa.

Quería prolongar la exaltación que me producía esa mezcla de placeres y la ternura con la que recorría cada milímetro de mi piel. Me sentía, otra vez, perdidamente enamorada y, sobre todo, convencida de que esa concentración absoluta de emociones jamás se volvería a repetir.

—Una más, solo una más: *Ne me quitte pas.* ¿La sabes?

Sí, se la sabía. Y mientras me repetía «no me dejes, no me dejes», y suplicaba que olvidase el tiempo y me ofrecía perlas de lluvia y me imploraba que le dejase convertirse en la sombra de mi mano, en la sombra de mi perro, en la sombra de mi sombra..., yo me enredaba en su cuerpo y él, entre palabras y gemidos, prometía cubrirme de oro y de luz. No había un ápice de afectación en mis gemidos ni en mis lágrimas. Estaba absoluta y sinceramente entregada a la pasión. Aún tiemblo al recordarlo.

17

Amanecí en sus brazos después de la noche de amor más intensa de mi vida. Nos despertamos extenuados, porque apenas pudimos descansar. Durante un buen rato, acarició de nuevo mi cuerpo con ternura y yo me abandoné con los ojos cerrados.

—¿Te apetece un baño de sales, Murielita?

—¿Por qué no? —dije mientras seguía jugueteando con sus brazos.

Y antes de que nos tumbásemos en la bañera repleta de espuma, enjaboné cada resquicio de su cuerpo y le froté con la mano mientras le duchaba y, cuando ya no quedaban restos de jabón, le lamí con lentitud desde el cuello hasta los pies. Luego, sin saber cómo, recuperó otra vez su fuerza y pasó a la acción con un poco más de violencia, hasta que acabamos en un nuevo festín de placeres.

La ceremonia duró más de media hora y cuando quisimos darnos cuenta, tuvimos que desayunar a toda prisa porque se nos hacía demasiado tarde para emprender el viaje hacia el norte.

Pusimos rumbo a Bastia malheridos de tanto amarnos,

pero con una apacible sonrisa de plenitud. Alquilamos un coche con el que recorrimos pausadamente la carretera del este, la que une Porto Vecchio con Bastia. Cuando soplaba el viento y barría las nubes del horizonte, se podían distinguir las islas toscanas de Elba, Pianosa y Capraia. Atravesamos marismas y lagunas, estuarios y bancos arenosos, vimos en la lejanía vacas pastando al sol y, en más de una ocasión, invadieron la carretera piaras de cerdos que nos obligaron a detener el coche en la cuneta. Hacía calor y Tanis quiso descansar y darse un baño en una pequeña cala de arena blanca. El agua estaba templada, no había olas y aún nos quedaron fuerzas para nadar durante un buen rato. Como no llevábamos toalla, tuvimos que secarnos al sol. Estábamos cansados de besarnos y hasta de mirarnos.

Todas las distancias en la isla eran muy semejantes. Daba igual recorrerla en diagonal que de norte a sur o de este a oeste. Siempre se tardaba entre dos y tres horas de un extremo a otro, pues, aunque había poco tráfico, las carreteras eran estrechas, tenían demasiadas curvas y atravesaban muchos pueblos que obligaban a reducir la velocidad hasta los cincuenta kilómetros por hora.

Nos fue fácil encontrar la plaza de San Nicolás en Bastia, frente al puerto, un lugar repleto de tiendas y cafés con terrazas veraniegas. Nick, el corso agreste, estaba esperándonos junto a los organizadores del festival, que daban una copa de bienvenida a los músicos y a la prensa. Tras las presentaciones de rigor, nos anotó la dirección del hostal donde íbamos a pasar un par de noches antes de regresar a Porto Vecchio.

—Habéis llegado con el tiempo justo, así que será mejor que dejéis el equipaje en el coche y vayáis al hotel al terminar la actuación de esta noche.

Protesté. Quería darme una ducha porque tenía la piel cuarteada de la sal del mar.

—No te preocupes. La sal es muy sana para la piel, sobre todo la de nuestras playas. —Nick no me dejó alternativa—. Ya te ducharás después. Ahora no hay tiempo.

—Pero no puedo ir así, con esta pinta.

—Estás guapa, no necesitas más —sentenció.

—Nick tiene razón, estás preciosa —ratificó Tanis, dando por zanjado el asunto.

Las presentaciones fueron tan precipitadas que no retuve un solo nombre. Tanis me pidió que le hiciera fotos con varios grupos y, como de costumbre, cumplí sus órdenes. Él parecía enterarse perfectamente de quién era quién en aquel sitio y con quién hablaba en cada momento. Sabía que unos pertenecían a la organización del festival y otros eran periodistas, músicos o los teloneros que actuaban esa noche. Se mostró especialmente solícito con dos de los recién conocidos, uno parecía español.

—¿Quiénes son? —pregunté con curiosidad.

—Gente importante —respondió Tanis—. Son colegas nuestros, sé amable con ellos. Ahora no te puedo explicar.

Teníamos que desplazarnos hasta donde se celebraba el festival: un pueblo pequeño con una vieja zona amurallada, a unos diez kilómetros al norte de Bastia. Ya no nos pudimos desprender de la fastidiosa compañía de Nick, que desde el asiento trasero nos iba explicando, de nuevo, las maravillas de la tierra que le vio nacer.

—Os fascinará el lugar. Desde el viejo puerto se ve Italia. Las casas están construidas tan cerca del mar que les salpican las olas y están llenas de flores y de luz. ¡Oh, la luz! Es el lugar más luminoso de todo el Mediterráneo. Veréis, ¡es impresionante! Ya te puedes lucir con las fotos, Muriel. Aquí vienen colegas tuyos, fotógrafos y pintores de todas las partes del mundo. Artistas tan grandes como Matisse, que vinieron hasta aquí en busca de nuestros maravillosos paisajes.

La primera jornada del festival resultó larga y tediosa. Intervinieron una serie de corales polifónicas muy parecidas unas a otras; al menos para mí no era fácil distinguirlas. Cantaban correctamente, a capela, pero solo encandilaban a los muy versados, como al amigo Nick, que aplaudía con el máximo entusiasmo. Tanis quiso sentarse junto a sus dos nuevos colegas, los dos tipos que le presentaron en Bastia; entabló con ellos una conversación cómplice y reservada, de manera que yo me quedé a merced del corso. Sus comentarios eran soporíferos. Poco me importaba que uno de los grupos en cuestión fuese creado en 1958 por pastores y maestros de escuela aficionados al folclore. Era incapaz de mantener la boca cerrada, ni siquiera por respeto a sus admirados artistas. Yo no entendía las palabras previas a cada canción —recibidas todas ellas con enorme júbilo por parte del auditorio—, pero me daba cuenta de que siempre hacían referencia a cuestiones relacionadas con la identidad corsa y sus vínculos con la tierra y con las raíces mediterráneas. Nick me traducía algunas frases. La actuación de cierre, esta vez con acompañamiento instrumental, corrió a cargo de un cantante maduro y cursilón, disfrazado de gondolero veneciano, que interpretó algo similar a una tarantela muy celebrada y coreada por el público.

A la salida, me dio la impresión de que Tanis y sus dos acompañantes habían hecho buenas migas.

—Ven, Muriel, tienes que hacernos una fotos a los tres. Mira, Imanol es donostiarra, como yo, y Mario es italiano.

Comprobé, una vez más, que la única persona con la que Tanis no quería hacerse fotos era conmigo. Quizá para no dejar testimonio de nuestros amores clandestinos. Preferí apartar ese pensamiento y me pregunté qué pintaría ese vasco en aquel lugar. No parecía que ninguno de los dos tuviese nada que ver con la actividad del festival. También me sorprendió que Tanis reivindicase sus propios orígenes, cuando no solía hacerlo. Además, hasta donde yo sabía, él había nacido en Madrid por más que presumiera de vasco. Les hice unas cuantas fotos y dejé de preguntar, pero me entró de nuevo la curiosidad cuando Tanis me explicó algo más de los dos tipos.

—Además de colegas, Imanol y Mario pertenecen a organizaciones izquierdistas. Habíamos quedado con ellos desde Madrid. Era uno de los motivos del viaje.

—¿Por qué no me lo dijiste? —pregunté con cierto enfado.

—Claro que te lo dije. Recuérdalo, te dije que veníamos al festival y a alguna cosa más. Pues bien, esta era la *cosa más.* Un encuentro con gente cuyas ideas nos pueden aportar muchas informaciones interesantes. Vamos, chicos —dijo dando el tema por zanjado y dirigiéndose a sus colegas—, ya os he presentado a Muriel, mi compañera. Ella se encarga de la parte gráfica. Vendrá con nosotros a tomar unas copas.

Nos metieron por unas callejuelas rodeadas de murallas hasta llegar a una de las plazas desde la que se veía el puerto y la iglesia de San Juan Bautista. Todo estaba previsto. Habían reservado mesa para cinco en un restaurante marinero, pero Nick, para nuestra sorpresa dijo que estaba cansado y se retiró tras hacer un brindis por el éxito del festival. Después se dirigió a Tanis y a mí.

—El hotel está a dos pasos. Es el mismo en el que están hospedados Imanol y Mario. Ellos os acompañarán. Qué tengáis una bonita noche corsa. Mañana nos vemos.

Después de probar la típica cerveza de castaña —«Completamente artesanal, hecha con maltas muy selectas y harina de castaña», nos explicó Mario— y antes siquiera de que llegasen los prometidos erizos, especialidad de la casa, los dos hombres entraron en materia.

—Vayamos al grano, camarada. —Imanol atizó a Tanis una fuerte palmada en el hombro—. A los vascos nos están apretando mucho las tuercas y tenemos que buscar el modo de defendernos. Así que te voy a pedir que nos eches un cable.

—Ya sabes que estoy dispuesto a hacer todo lo que esté en mi mano.

—Perfecto. Se trata de dos asuntos delicados. —Me dirigió una mirada con la intención de implicarme en el asunto.

—Puedes confiar en ella tanto como en mí —confirmó Tanis en mi nombre, sin que yo hubiera dicho una sola palabra.

En primer lugar le pidió que se pusiera en contacto con un tipo fugado de la cárcel de Pamplona y exiliado en Biarritz, un técnico electrónico apodado el Chispas. Desde luego, no se estrujaban los sesos con los apelativos. Resultó que lo habían detenido por el intento frustrado de volar un repetidor de Televisión Española en la carretera de Burgos a Bilbao. El Chispas logró escapar y tenía buenas relaciones con la cúpula de una organización cuyo nombre no pronunció en ningún momento pero yo supuse que era ETA.

El segundo tema delicado, según dijo, implicaba labores «activas». Al ver mi cara de estupor, el vasco se vio obligado a precisar que no se trataba de realizar ningún acto violento, sino tan solo tareas de información. Nadie mejor que unos periodistas legales, políticamente comprometidos, para llevar a cabo la misión encomendada, que consistía en hacer algún que otro seguimiento, pasar informes sobre las actividades de la oposición clandestina y el grado de repercusión de determinadas acciones. En el fondo, se trataba de dar más proyección a su habitual labor informativa.

—No me ha quedado muy claro. ¿A qué te refieres con lo de seguimiento? —pregunté.

—Te pongo un ejemplo: en tu periódico hay un hijo de puta, un soplón que pasa informes a la policía. Queremos saber cuáles son sus costumbres, dónde y con qué gente toma vinos, a qué hora sale de su casa, a qué hora regresa... Oye, nada íntimo. Simplemente, saber qué vida lleva.

—¿Y para qué quieres saberlo? —insistí un poco asustada.

—Para tener controlado a ese fascista cabrón.

—Sigo sin entenderlo, pero de todas formas no quiero ni que me digas su nombre. No me gusta seguir a nadie.

—No te preocupes, Imanol, déjalo en mis manos —intervino Tanis—. Luego le explico los detalles a ella.

La charla se prolongó con derivaciones en torno al mismo tema. Mario, aunque hablaba un español bastante correcto, intervino tan solo en una ocasión para hacer un elogio de los militantes de ETA que, unos meses antes, habían sido juzgados y condenados a muerte por un Tribunal Militar de Burgos y que, finalmente, gracias a la presión internacional, Franco había decidido indultar cuando 1970 daba sus últimos coletazos. Un gesto que tuvo una enorme repercusión también fuera de España, y que produjo cierto alivio entre las fuerzas de la oposición. Desde el presidente Richard Nixon y el senador Edward Kennedy hasta Pablo VI, que habían pedido clemencia al dictador, lo celebraron públicamente e hicieron votos para que la medida contribuyese a calmar los soliviantados ánimos de los españoles contra la dictadura.

—Conozco a Jokin Gorostidi y es un gran luchador antifranquista —continuaba Mario—. Y, aunque se libró de la pena de muerte, ahí sigue, encarcelado injustamente.

—Yo he estado informándome y sé que ninguno de los seis condenados a muerte se responsabiliza del atentado. Los cogieron como cabezas de turco, pero les salió el tiro por la culata porque han tenido que hacer frente a protestas multitudinarias y se han puesto en contra a toda la comunidad internacional —precisó Tanis, asumiendo el lenguaje de su interlocutor.

—¿Y qué me dices del éxito que tuvo la huelga general en Euskadi? —preguntó orgulloso Imanol.

—Éxito sí, en su momento —contestó Tanis—. Pero luego reaccionaron con una represión salvaje, mataron a un manifestante, torturaron brutalmente a los presos en las comisarías y en las cárceles y nos cayó encima el estado de excepción.

—Pero Franco salió tocado. Te digo yo que ese cabrón no puede durar mucho. Más pronto que tarde acabaremos con él. La situación se hará insostenible.

Estaba espantada al escuchar toda esa fanfarronada izquierdista y, una vez más, intenté cortar la sobremesa diciendo que estaba agotada y me quería marchar, pero esta vez no fue tan fácil, y tuve que esperar un buen rato antes de que Tanis se apiadase de mí. Al fin, nos levantamos de la mesa. Durante el breve trayecto que recorrimos entre el restaurante y el hotel, Imanol reiteró sus insistentes percepciones sobre la debilidad del régimen y el heroísmo de los *gudaris.* Mario seguía en silencio y Tanis asentía sin demasiada convicción, mientras yo, delante de la comitiva, trataba de acelerar el paso hacia nuestro coche, donde nos esperaban las maletas.

Una vez logramos despedirnos de ellos, inscribirnos en el hotel y verme a solas con Tanis en la habitación, recuperé el buen humor y traté de bromear sobre el lenguaje de su amigo el vasco.

—No creas que me divierte que bromees con este asunto —me advirtió.

—Te equivocas. Me lo he tomado muy en serio, hasta el punto de que no he querido escucharle más. Me ha parecido alucinante —respondí cambiando de tono.

—¿Qué quieres decir?

—Pues que creo que todo lo que ha dicho este Imanol ha sido un puro disparate. Y peligroso.

—¡Pues yo no lo creo! —Tanis alzó la voz.

—¡Oye, tranquilo! No te enfades, solo digo que me da miedo todo ese asunto. Pero no quiero seguir hablando de ello. Prefiero que disfrutemos de la noche. Mira qué luna tan maravillosa.

—Espero que seas consciente de lo que representan Mario e Imanol.

—No, sinceramente no sé bien qué representan ni quiero saberlo. Pero son tipos violentos y a mí eso no me gusta nada —manifesté.

—Muriel, supongo que sabes perfectamente que no puedes decir ni una sola palabra de este encuentro.

—No te preocupes por eso. Ya me conoces, sé guardar

secretos. Pero lo mismo que me pides discreción, yo te pido que mires bien en dónde te metes. Y que no cuentes conmigo para ningún «seguimiento».

—No te preocupes. Ni tú ni yo lo haremos.

—Nadie se merece que esos tipos le peguen un tiro —insistí.

—Nadie ha hablado de eso.

—Faltaría más, pero me temo que no era necesario ser más explícito. Tanis, yo no quiero tratar con asesinos.

—Pero ¿qué dices? ¿De qué estás hablando?

—Hablo de que yo no acepto que peguen un tiro en la nuca a un policía, por muy cabrón que sea.

—Oye, Muriel, yo tampoco acepto los tiros en la nuca, pero me parece que estás sacando las cosas de quicio. Hemos estado con dos compañeros, dos personas como tú y como yo que trabajan en una agencia de noticias. Eso es todo. Son buena gente y es injusto que los llames asesinos.

—¿Y cómo quieres que los llame? No sé a qué se dedican ellos, pero sí a qué se dedican aquellos para los que trabajan. ¿Y sabes una cosa? No me gusta nada este ambiente, estoy harta de los corsos, de las conspiraciones, del coñazo de los músicos y de la estafa del festival.

—Y yo estoy harto de las mujeres que dicen tacos. Y de que no entiendas nada.

—¡Oooooh! ¡Te molesta que diga tacos! Mucho más elegante dar información para que se carguen a gente, claro que sí. Y si digo tacos, es porque no me gusta rodearme de gente aburrida. Y de que nunca podamos estar solos.

—¿Sabes? Tienes un problema, no sabes relacionarte con los demás. ¿No te das cuenta de que no aguantas a nadie?

—¿De qué gente me hablas? ¿De estos perturbados?

—Muriel, no son unos perturbados, te repito, no hables así de ellos.

—¡No me gustan un pelo! —grité.

—No seas burguesita. No todo va a ser diversión. Te recuerdo que has venido a trabajar.

—Sabes que he venido a estar contigo. Para eso he venido hasta aquí: porque quiero estar contigo.

—¡Dios, qué agobio! Te juro que a veces me ahogo. ¡Me largo!

—¡No! ¿Adónde? Voy contigo.

—¡Quieres dejarme en paz! ¡Necesito respirar, joder!

De nuevo, el portazo. Me quedé sin aliento al ver que me quedaba sola y, en esta ocasión, pensé que la culpa era solo mía. Me sentía torpe porque esta vez tenía razón: había sacado las cosas de quicio.

18

Hubo varios intentos de reconciliación, pero el resto de nuestra estancia en Córcega no fue como aquella prodigiosa noche de boleros. Lo bueno era siempre escaso y fugaz. Me sentía vulnerable, insegura, atemorizada, sin ánimo, y, como sucedió tras el anterior viaje, nos distanciamos al regresar a Madrid. Casi parecía lo normal. Yo siempre terminaba por echar la culpa a Carmela: Tanis quería estar con ella y buscaba falsos motivos de enfrentamiento para que yo, su amante ocasional, le dejase el terreno libre.

El día que llegamos al periódico, mientras me encontraba revelando el material de Córcega, entró en el laboratorio un compañero para decirme que el jefe quería verme.

—¿Qué jefe?

—¿Quién va a ser? El gran jefe.

No podía ser otro que Santiago Soler. Colgué las fotos en la cuerda para que se fueran secando y subí intrigada a la tercera planta donde estaba su despacho. Era la segunda vez que entraba por aquella puerta.

—¿Puedo pasar? —pregunté discretamente asomando la cabeza.

—Adelante.

Entré con una timidez extraña en mí.

—Siéntate, por favor.

Me indicó una de las dos butacas situadas delante de la mesa y él dio una vuelta para sentarse a mi lado.

—Supongo que no tienes ni idea del motivo por el que estás aquí. Mejor dicho, hay tres motivos: el primero es darte la enhorabuena porque estás haciendo bien tu trabajo. Eres una gran fotógrafa, Muriel, sabes captar el alma de los personajes.

—Gracias —dije entre desconcertada y orgullosa—. Me gusta mucho y lo hago lo mejor que sé.

Me inquietaban las otras dos razones, sobre todo porque me temía algo peor. Era insólito que el consejero delegado del periódico llamase a una humilde fotógrafa para felicitarla porque hacía buenas fotos.

—El segundo motivo —continuó— es consecuencia del primero. Como sé que eres buena, me gustaría que me hicieras las fotos de la portada de un libro que voy a publicar. Sé que el retrato no es tu especialidad, pero estoy seguro de que lo harás tan bien como todo lo que has hecho últimamente. Y, además, ya diré yo en la editorial que te lo paguen bien.

—¿Quiere que le haga fotos a usted? —pregunté desconfiada.

—Antes de seguir hablando, te ruego que no me llames de usted. Ya me has oído decir muchas veces que somos compañeros en esta travesía y, mientras dure, aquí todos nos trataremos con confianza.

—Está bien. Lo intentaré.

—¿Cómo que lo intentarás? No creo que sea tan difícil. ¿Qué pasa? ¿Tan mayor me ves? No soy un anciano para que mantengas esas distancias. Estuviste encantadora conmigo cuando subiste a pedirme que sacáramos de la cárcel a tu amigo Tanis.

No me extrañaba demasiado su actitud chulesca y retadora. Todo el mundo le consideraba un tipo vanidoso y arrogante.

—Bueno, ¿y cuál es la tercera? —pregunté impaciente.

—Antes de pasar a la tercera, vamos a concretar lo del retrato. Yo, habitualmente, tengo una habitación reservada en el Palace; llámalo despacho. Es el sitio más adecuado para recibir a determinadas personas. Como sabrás, necesito ser discreto en mis encuentros con gente de la oposición, y el Palace es tierra de nadie, un buen lugar para pasar inadvertidos y, además, un sitio estupendo para hacer las fotos. Así que te espero mañana al mediodía y te invito a comer para charlar con más detalle sobre el asunto que te voy a plantear a continuación. ¿Tienes algún inconveniente?

No me fiaba de sus intenciones, pero tampoco podía negarme. Antes de responder, me quedé pensando unos instantes. Todo apuntaba a que la causa fundamental por la que estaba allí, sentada junto al jefe como si le conociera de toda la vida, no era ni la felicitación por mi trabajo ni las fotos de su libro, sino el tercer asunto.

—Ningún inconveniente. Me parece bien.

—Bueno, ahora va el tercero. Es un poco delicado, pero seguro que lo entenderás. Se trata de tu amigo Tanis. Verás, últimamente se ha metido en muchos líos. No vayas a pensar que tengo algo contra él, ni mucho menos, es un tipo valiente y arriesgado y, sobre todo, un buen periodista, pero ha traspasado algunas líneas que a ti no te conviene cruzar.

—No te entiendo —repliqué incrédula—. ¿Te refieres, por casualidad, a su detención? Me impliqué porque yo había sido testigo de lo que pasó en la facultad y me sentí obligada a ayudarle. Por eso me atreví a pedirte el dinero de la fianza.

—No, no es eso, aunque ya que me lo recuerdas, te diré que accedí a dar el dinero por ti y no por él. El problema es otro. Verás, Tanis es muy vehemente, diría que muy romántico y, repito, se está metiendo en muchos líos. Una cosa es trabajar políticamente, como yo trabajo, para poner fin lo antes posible a la dictadura, y otra dejarse arrastrar por gente violenta cuyos ideales, o mejor dicho, cuyos intereses no coinciden con los nuestros.

—No sé dónde quieres ir a parar —dije demostrando mi malestar.

—Me limito a aconsejarte que tengas cuidado de con quién andas. No por Tanis, sino por la gente que le rodea. Esto no es un juego, Muriel.

—Gracias, pero creo que sé cuidar de mí misma.

—No he querido ofenderte, solo pretendo que seas consciente de que Tanis se está jugando el tipo y no me gustaría que se juegue el tuyo también. Nada más.

—Ya te he dado las gracias. Lo tendré en cuenta, pero espero que te equivoques.

—Ojalá. Sabía que era arriesgado decirte esto, pero me sentía en la obligación de advertirte de los riesgos. Es todo. Si te parece bien, mañana nos vemos. ¡Cuídate!

Me acompañó hasta la puerta, donde nos estrechamos amigablemente la mano. Volví al laboratorio un tanto confusa. ¿Pensaría de verdad que hacía buenas fotos, o se trataba de una estratagema para pedirme que me alejara de Tanis? Tampoco le parecería una mala fotógrafa, o no me hubiera hecho el encargo para el libro. Por un momento pensé que trataba de seducirme, pero no creí que fuera más allá de las palabras. En lo referente a Tanis tenía razón: yo misma acababa de comprobarlo en Córcega. Estaba segura de que aquellos dos tipos, sobre todo el vasco, pertenecían a organizaciones armadas. En aquellos tiempos casi ninguno de nosotros estábamos en contra de los que luchaban por sus ideales, ni siquiera cuando no tenían más remedio que rebelarse para acabar con la opresión, como hicieron Fidel y el Che, los movimientos de liberación africanos, los panteras negras americanos o los palestinos. A algunos de sus simpatizantes los había conocido unos meses atrás en Argel. Pero aun entonces prefería la gente que empleaba métodos pacíficos: Gandhi, Luther King... Estaba distraída con esos pensamientos cuando salí del laboratorio y me di de bruces con Tanis. Quizá no fuera un encuentro casual.

—Me han dicho que has estado en el despacho de Santiago —me soltó a bocajarro.

—¡Qué barbaridad! Aquí las noticias vuelan.

—Estamos en un periódico, Muriel. ¿Qué quería?

—Felicitarme por mi excelente trabajo —contesté envanecida.

—Ya... Lo normal, ¿no?

—Bueno, voy acostumbrándome.

—¿Qué más te ha dicho?

Consiguió que le contara lo de las fotos para su libro, pero no le dije una sola palabra sobre sus advertencias.

—¿Dónde haréis las fotos?

—En otro despacho que tiene por ahí.

—Ya, lo imaginaba. Querrá un poco más de intimidad... No se te ocurrirá ir, ¿no?

—¿Crees que no debería?

—Sabes que no es un tipo de fiar. Si vas, a lo que sea que vayas, olvídate de mí.

—¿Más todavía? Pues fíjate, Tanis, lo estaba dudando, pero me acabas de dar un motivo para ir. «No renunciaré a mi libertad por nadie», ¿recuerdas? Me lo enseñaste tú.

Tanis me lanzó una mirada de furia y se dio media vuelta sin decir una palabra más.

19

Al día siguiente me presenté en La Rotonda del Palace cargada con todo el equipo fotográfico. En cuanto Santiago me vio, se levantó del sillón para salir a recibirme, llamó a un mozo y le ordenó que se hiciera cargo de las cámaras y las subiese a la habitación 307. No estaba acostumbrada a semejante despliegue de cortesía, pero me di cuenta de lo mucho que me complacía esa clase de detalles caballerosos. Los consideraba desfasados, aunque muy propios de un hombre maduro. Me hacía gracia que aquel tipo tan solícito fuera mi jefe y me doblase la edad.

—¿Qué quieres tomar?

—Pues no sé... Una caña.

—¿No te apetece probar un cóctel?

—No tomo cócteles.

—Te sugiero que pruebes el Dry Martini. Voy a pedirte uno y si no te gusta, lo dejas.

Sin esperar la respuesta, hizo un leve ademán y medio minuto después apareció un camarero con dos Dry Martini, patatas y aceitunas.

—Brindemos, ¡por tus éxitos en el periódico!

Era consciente de que aquello era un montaje absurdo, una patochada. No obstante, brindé e incluso le sonreí y me mojé los labios con la copa.

—¿A que es delicioso? —insistió él—. Aquí lo preparan mejor que en Chicote. ¿Te gusta el cine?

—Sí, claro —respondí desconcertada.

—¿Sabes que este es el cóctel favorito de Buñuel?

—No tenía la menor idea.

—Él lo hace de un modo especial, con un toque de angostura en el hielo y siempre con Noilly Prat. ¿Has visto *El apartamento*, de Billy Wilder?

—Sí, no me pierdo una de Shirley MacLaine. Me encanta.

—Ah, te gusta porque te pareces a ella.

—¡Qué tontería! Ella es pelirroja y tiene los ojos azules; yo soy morena y los tengo verdes.

—Aun así, te pareces en el corte de la cara, en la forma de la nariz y en la manera de mirar.

—¿Por qué te has referido a esa película? —pregunté por cambiar de tema.

—Para recordarte la escena en la que Jack Lemmon bate el récord y se toma cinco Dry Martini seguidos. ¿Pedimos otro?

—Pero si aún no he terminado el primero...

—No vale la pena acabarlo, ya no está a la temperatura ideal.

—Si tomo otro, no me responsabilizo de cómo saldrán las fotos.

El Martini empezaba a hacer su efecto y sin poder impedirlo me habían puesto el segundo sobre la mesa. Tras comerme la aceituna, sentí como si se balanceara la cúpula del Palace sobre mi cabeza. Después de aquella charla sobre bebidas, películas, actores y actrices, al fin me sentí desinhibida delante de aquel hombre.

—No nos vendría mal comer algo sólido, ¿verdad? Subamos a la habitación, he dicho que nos tuviesen algo preparado.

Subimos solos en el ascensor. Estaba muy aturdida, pero durante el breve trayecto de subida fui capaz de sostener su mirada. Cuando llegamos a la puerta, Santiago me sujetó por el hombro. La *suite* tenía una antesala que hacía las veces de despacho a través de la cual se veía en la penumbra otra habitación amplia con una gran cama. Había un par de maletas en el recibidor, un traje en el galán de noche, una pila de libros sobre el escritorio, un par de gafas, una lupa y un enorme despertador en la mesilla. Daba la impresión de que estaba instalado desde hacía tiempo y se sentía como en su propia casa. La comida estaba servida en la mesa, en platos cubiertos por campanas de plata, como la cubitera que enfriaba la botella de champán.

—Ponte cómoda.

Dejé escapar una exclamación.

—¡Caray! Esto es bastante mejor que tu despacho del periódico, no me extraña que pases tanto tiempo aquí.

—Me cuidan bien, no me puedo quejar. Comamos antes de que se enfríe. Tenemos toda la tarde por delante para hacer las fotografías.

Santiago acercó caballerosamente mi silla hacia la mesa y cuando estaba sentada me abrazó por la espalda.

Me paralizó su abrazo traidor, quizá por eso ni le di una bofetada ni salí corriendo. Tal vez lo veía venir y ya lo tenía asumido, o tal vez no y el factor sorpresa me halagó. Tenía curiosidad por saber el desenlace. ¿De qué modo cambiaría mi vida si me acostaba con aquel hombre mayor, influyente y controvertido? Nada, pensé, no cambiaría nada. Probablemente, todo acabaría aquella tarde. Me pudo la curiosidad. Y decidí, tontamente, entregarme a aquella experiencia, porque estaba segura de que no dejaría secuelas.

Poco después me vi abandonada en brazos del hombre que me depositaba sobre la cama y me iba soltando con delicadeza los corchetes del sostén, mientras me apartaba hacia un lado la melena y me besaba en la cara.

Yo permanecía callada, inmóvil y, en apariencia, complacida.

—No me extraña que tengas a toda la redacción detrás de ti.

Sus palabras no eran tan agradables como sus caricias. Fui entregándome poco a poco, relajada, sin ímpetu. Entró suavemente, apenas le sentí, pero dejarme amar sin poner nada de mi parte me producía un suave placer, una sensación desconocida. Al terminar, me separé y me vestí con naturalidad, como si no hubiera sucedido nada entre nosotros. Santiago me acarició el pelo y me dio un beso en la mejilla.

—Será mejor que nos espabilemos, toca trabajar. ¿Te apetece tomar algo? —dijo con enorme sentido práctico.

—No, estoy bien, gracias —respondí un poco aturdida.

—Tenías hambre. ¿Quieres algo de fruta?

—Ya no tengo ganas.

—Como quieras. Mira, te voy a regalar un libro; una gran novela. ¿Has leído *Lolita*, de Nabokov?

Lo buscó entre el montón que tenía sobre la mesa y me lo dio.

—Toma, es tuyo. Me gustaría haberlo escrito yo para dedicártelo, pero, lamentablemente, me falta talento literario. Nadie es perfecto. ¿Quieres que dejemos las fotos para otro día?

¿Por qué acababa de restregarme con aquel hombre? Lo único que tenía claro es que no lo repetiría.

—No, prefiero hacerlas ahora.

—Entonces, me voy a dar una ducha.

Cerró la puerta del cuarto de baño en un intento de recuperar su intimidad, pero quien la recuperó fui yo, que me quedé a solas con mi desconcierto. Me convencí de que se trataba solo de sexo caprichoso, sin pasión, sin consecuencias. Eso creí, al menos, en aquel momento. Leí la primera frase del libro —«Lolita, luz de mi vida, fuego de mis entrañas...»— y pensé que era una arriesgada manera de empezar. Esperé a que terminara de ducharse y apareció completamente acicalado.

—Despéinate un poco. Saldrás mejor en las fotos —me atreví a exigirle.

20

Al llegar al periódico me encontré con una Carmela muy apresurada, que iba hacia el archivo, según me dijo, a buscar fotos para cambiar la portada.

—¿Sabes que han muerto tres astronautas rusos?

—Pues no tenía ni idea, no.

Lo que tenía era calor y me quité el largo chaleco de ganchillo que llevaba sobre la blusa y lo dejé encima de una mesa de la redacción, junto al libro de *Lolita,* las cámaras y el trípode, sin darme cuenta de que Tanis estaba en la mesa de atrás leyendo el teletipo.

—¿Es sobre los astronautas? —le pregunté señalando el rollo de papel.

—¡Déjame en paz!

—Vaya... Tú haces lo que te apetece, pero te enfadas si los demás hacemos lo que nos da la gana. Muy coherente, sí señor.

—Te dije que si ibas a verle, te olvidases de mí. Así que asume las consecuencias.

Antes de apartarse de mí como si tuviera la peste, me dedicó una mirada glacial, primero directamente a los ojos y después hacia el libro de *Lolita,* como si supiera de dónde procedía.

—¡Eres un imbécil! —grité conteniendo las lágrimas de rabia.

—¿Qué pasa aquí? —preguntó el redactor jefe.

—Nada, que es un imbécil —repetí, mientras Tanis se alejaba.

—Venga, Muriel, déjate de tonterías y ponte a trabajar. Vete al archivo y busca el sobre de la llegada a la Luna del *Apolo XI,* y de los accidentes espaciales anteriores.

—Lo está buscando Carmela.

—¡Ve tú! Que Carmela se ocupe del teletipo. No podemos retrasar más la edición.

Allí me encontré a los dos: Tanis rodeando con su brazo el hombro de Carmela que, inclinada sobre el archivador, buscaba por orden alfabético las carpetas de la letra «L». Intenté recomponer la figura e hice lo posible por superar el fastidio que me produjo presenciar la tierna escena. Me dirigí a ella:

—Me ha dicho José Carlos que busque yo las fotos y que vayas tú a ocuparte del teletipo.

Carmela accedió amablemente y no se alteró lo más mínimo, como si no tuviese sangre en las venas. Me tendió una carpeta con las fotos que había encontrado: nada más abrirla, aparecía una perrita llamada *Laika.* Mi primera reacción fue pensar que Carmela era tan imbécil como me lo parecía Tanis en ese momento, aunque confundir un perro con un asunto espacial superaba las expectativas. Me quedé planchada cuando leí el pie de foto y descubrí que *Laika* era el primer ser vivo que fue enviado al espacio en una nave llamada *Sputnik.* Eché un vistazo a la carpeta y seguí leyendo. Los soviéticos entrenaron a *Laika* para que pudiese resistir la prueba de ida, pero sabían previamente que sería imposible su regreso a la Tierra. No sobrevivió al viaje, aunque abrió el camino a la tripulación humana en los vuelos espaciales. ¡Pobre *Laika*! Fue la primera víctima mortal de la carrera espacial, pero hubo muchas más, tanto soviéticas como estadounidenses. Me distraje leyendo los pies de foto.

En 1967 murieron tres astronautas, la totalidad de la tripulación, durante el incendio de la cápsula del *Apolo I*. Fue un duro golpe para la NASA, del que tardó en recuperarse. También murió el tripulante del *Soyuz I*, la nave espacial soviética, en el mismo año, aunque en esta ocasión la causa del accidente fue un fallo del paracaídas cuando ya estaba de regreso en la Tierra. Hubo alguno más y ahora el *Soyuz II*, cuyos tres tripulantes acababan de morir, según informaban las autoridades de Moscú. Al cabo del tiempo, se supo que los pobres astronautas no llevaban trajes espaciales. ¡Vaya catástrofe!

Después de leer y clasificar todo el material, se lo entregué al redactor jefe y le dije que, si no necesitaba nada más, daba el día por zanjado y me iba al bar de enfrente para tomar algo, porque tenía el estómago vacío.

Esa tarde no estaba de suerte. Aparecieron de nuevo ante mis ojos Tanis y Carmela jugando al *flipper*. Traté de esquivarlos y me fui a pedir un pincho a un rincón de la barra, unos pasos más allá de donde estaban Pedro, Bashir y unos cuantos amigos. De pronto se acercó Bashir y me dijo que me invitaba a cenar algo fuera de allí:

—Hace mucho tiempo que no hablamos.

Aquella invitación me pareció llovida del cielo. Levanté la vista y le dediqué la mejor de mis sonrisas.

—De acuerdo. ¿Adónde quieres ir?

—¿Qué te parece a Casa Pepe? Y después, si te apetece, nos tomamos una copa en Oliver.

Parecía haberme leído el pensamiento. Era lo mejor que podía sucederme en ese instante.

—La verdad..., ¡me parece estupendo!

Acepté la invitación sin pensarlo, entre otras cosas porque sabía que Tanis, a pesar de su aparente indiferencia, estaba observándome. Verme salir del bar con su amigo era la mejor manera de darle celos. Todavía pensaba que le podía hacer reaccionar. El lugar elegido era perfecto. Probablemente, al término de la cena coincidiría con Tanis y sus acólitos en Oliver. Pero esta vez no me vería sola, sino con su íntimo amigo, su compañero de todas las batallas. La verdad es que no lo hacía solo por fastidiarle; también quería aclarar algunas cosas con Bashir después de tanto tiempo tratando de eludir una conversación pendiente. Necesitaba hablar con alguien y nadie mejor que nuestro común amigo palestino. Tanis nunca se enfadó con Bashir, a pesar de la escena que me montó en Argel a costa del regalo del lapislázuli. Me hubiera encantado saber qué hablaban entre ellos de mí.

Casa Pepe era uno de los lugares de paso obligado en el itinerario de los periodistas de *El Hispano* una vez finalizada la jornada laboral. Estaba en un barrio plagado de locales abiertos hasta el amanecer o, para explicarlo con más precisión, hasta que los clientes habituales decidían, siempre de muy mala gana, abandonarlos. En la misma calle, en la acera de enfrente, estaba Oliver, cuyo propietario atraía a todas las estrellas hollywoodienses que pasaban por Madrid. Una de las más asiduas era la divina Ava Gardner, ya alcoholizada por aquellas fechas.

En realidad, Casa Pepe no era un restaurante, sino una

modesta tasca atendida por su dueño, donde resplandecía el típico mostrador de zinc, elevado a la altura del pecho, como esas mesas donde se realizan las autopsias. Sobre aquellos mostradores relucientes se dejaba correr el agua con generosidad para que los vasos, después de lavarlos en la cubeta, estuvieran siempre limpios y brillantes. Lo más espectacular de la tasca eran los majestuosos grifos con filigranas que surtían las cañas de cerveza, el vermut y un vino a granel que rascaba la garganta. En las repisas no había botellas con etiquetas, sino elegantes frascas de vinos con todas las gamas de colores, desde el rojo al amarillo. El blanco era tan peleón como el tinto y el rosado. Para soportar el trago, yo rebajaba los chatos con un chorrito de Seltz envasado en el sifón, aquellas botellas de cristal forradas de estaño con palanca y una válvula en el tapón. Tenía pocas mesas, veladores de hierro forjado con el sobre de mármol, rodeadas de taburetes y un par de sillas de madera de haya barnizadas de color nogal, como los zócalos de las paredes, el marco de la fachada acristalada y las puertas con cuarterones. Los únicos ornamentos que rompían la sobriedad del local eran las columnas de hierro primorosamente forjadas a mano, un espectacular reloj de pared con incrustaciones de nácar dibujadas en la esfera y la vieja máquina registradora. En cuanto a la comida, solo había algunos aperitivos, tipo banderillas de aceitunas, cebolletas y pepinillos o atún en escabeche con pimientos, y un buen surtido de embutidos y queso manchego, eso sí, de excelente calidad.

La mesa más solicitada, por ser la más cómoda y alejada del bullicio de la barra, estaba situada junto al ventanal. En ella nos sentamos, frente a frente, Bashir y yo.

—¿Otro vino? —me preguntó.

—Sí, pero esta vez échame más sifón, que no quiero empezar a decir estupideces.

—¿Y si prefiero que las digas?

—Entonces pide más queso, que me vuelve loca.

Manteníamos una animada charla sobre asuntos poco comprometidos, hasta que Bashir decidió entrar en materia.

—Te voy a ser sincero. Estoy preocupado por ti.

—Parece que está de moda.

—¿Cómo?

—Nada, cuéntame.

—Me temo que no estás bien, Muriel. ¿Tienes problemas?

—¿Conoces a alguien que no los tenga? Pero tranquilo, los míos afortunadamente no son graves.

—La gravedad es algo subjetivo. Y yo te veo extraña, desazonada, un poco perdida. Tampoco entiendo por qué me esquivas. Has estado huyendo de encontrarte conmigo a solas desde que regresamos de Argel y de eso hace ya mucho tiempo. Siempre nos vemos rodeados de gente. ¿Te he hecho algo? ¿Me puedes decir qué te pasa?

Me entró un ataque súbito de confianza y sentí la necesidad de compartir con Bashir mis temores. Estaba harta de relacionarme con gente atormentada.

—¿Puedo confiar en que no dirás nada?

—Será un honor guardarte un secreto.

—Tanis no soporta vernos juntos. Tiene celos de ti. —No me atreví a contarle más detalles.

—¡Qué perspicaz! Siempre ha sido un tipo listo.

—En serio, por eso te esquivaba.

—¿Acaso le tienes miedo?

—Tenía miedo a perderle.

—¿Tenías?

—Sí, tenía. Ya no puedo tenerlo, porque ya le he perdido.

—¿Estás segura?

—Completamente.

—Pues estoy convencido de que no te dejará escapar.

—Ya lo ha hecho.

—Para coger impulso hay que alejarse antes del objetivo. No creo que te dé por perdida... No creo que pueda aceptar que ha perdido a una mujer tan excepcional.

—¡No digas tonterías! Prefiere a Carmela.

—Eres tú la que dice tonterías. Carmela es otra cosa en su vida. Te necesita a ti.

—No es verdad. Ella siempre tiene prioridad. Yo solo soy la chica que le hace las fotos en los viajes.

No sé por qué llegué a hacerle semejante confidencia. Pensé que si Tanis se enteraba, me mataría. Tenía tal necesidad de compartir mis sentimientos que, a pesar del riesgo, seguí adelante.

—Además, sé que Carmela y yo no somos las únicas. Y en el fondo me consuela que haya muchas más.

—Aunque fuera así, Tanis te quiere. A su manera, pero te quiere.

—Si me quisiera, no me torturaría.

—Él no sabe querer de otra forma y jamás se ha volcado solo en una persona. Pero de todos modos, exageras: Tanis es un excelente amigo, solidario, generoso..., una gran persona. Le veo incapaz de torturar a nadie. No conozco a ningún hombre que haya sido permanentemente fiel a una mujer. Lo que le pasa a Tanis es que, como les sucede a tantos otros, seducir a las mujeres le da seguridad.

—¿Te pasa a ti?

—Claro, pero no soy de los que les gusta tener varias al mismo tiempo.

—¿Prefieres una tras otra?

—Lo que más me gustaría del mundo sería seducirte a ti.

—Una broma fuera de lugar.

—Y lo más gracioso es que ni siquiera es una broma.

—Pues hagamos como si lo fuese, Bashir, para que tenga gracia.

—De acuerdo, se me dará bien. Es lo que he estado haciendo hasta ahora.

Se produjo un silencio incómodo y volví a pensar en lo mal que le sentaría a Tanis verme con su amigo.

—Se acabó, Bashir, se acabó. Jamás volveré con él.

—Parece que me lo dices para convencerte a ti misma.

Tenía razón. No dejaba de mirar de reojo la calle hasta que por fin vi lo que esperaba: Tanis y Carmela pasaban abrazados por la acera de enfrente. Los seguí con la vista hasta que entraron en Oliver. Se me aceleró el corazón.

—¿Por qué no tomamos una copa? —sugerí un tanto nerviosa.

—Yo también los he visto —respondió Bashir—. Vamos donde te apetezca, pero no me gustaría que lo pasaras mal.

—No lo pasaré mal, te lo juro. Quiero superarlo y tú me puedes ayudar. —Y sentí un profundo alivio al ver que no tenía necesidad de seguir fingiendo.

—Daría lo que fuera por que lo superases.

—Cuánto te lo agradezco.

Y era cierto. Me consolaban sus buenos deseos.

Cruzamos la calle y entramos en Oliver. Allí estaba Tanis, sentado en el centro de un sofá de cuero, con Carmela a su derecha y otra mujer a su izquierda, rodeados de varios desconocidos en torno a una pequeña mesa.

Tanis se dirigió a su amigo Bashir con una naturalidad casi irritante para mí. Ni siquiera me miró. Más que una estrategia, imaginé que era un acto de desprecio.

—¿Queréis que os hagamos un hueco? Traed otra mesa y abrid el círculo —indicó a sus acompañantes.

—No, no es necesario, muchas gracias —contestó Bashir—. Muriel y yo tenemos que hablar, así que nos sentaremos en aquel rincón para estar más tranquilos.

Pensé, de nuevo, que el palestino adivinaba mis pensamientos. Una vez más, era lo mejor que podía decir, porque en el fondo de mi corazón deseaba darle celos a Tanis y vengarme de lo mucho que había sufrido en aquella habitación del hotel El Caíd de Bou Saada. Esta vez, al menos, tenía algún motivo para desconfiar de Bashir.

Estaba a gusto con él y no quería ser grosera, pero la presencia de Tanis me impedía relajarme. Me reía con exageración, saboreaba con placer el gin-tonic y, de vez en cuando, miraba de reojo a su mesa para comprobar que él tampoco me quitaba la vista de encima.

—Discúlpame, Bashir —le dije al fin—, pero no quiero disimular contigo. Estoy nerviosa porque noto que me está mirando. ¿Nos vamos a otro sitio?

—Quiero que estés cómoda. Terminamos la copa y, si te apetece, solo si te apetece —recalcó—, te invito a tomar otra en casa. Acabo de recibir unas botellas de ron cubano.

—Te lo agradezco mucho, pero mañana tengo que madrugar. He quedado en llevar unas fotos a Santiago Soler. Las necesita a primera hora.

Era pronto para irnos a casa, aunque me pareció oportuno que Tanis nos viera irnos juntos. Así que cuando acabamos la copa, nos despedimos del grupo desde lejos, salimos de Oliver y me colgué del brazo de Bashir. Me sentía protegida por él. Me llevó hasta la puerta de mi casa y quedamos en comer juntos al día siguiente.

—¿Prefieres que vaya a buscarte por la mañana al periódico?

—No, mejor quedamos en otro sitio —respondí.

—¿Quieres que comamos en mi casa? Prometo hacerte un menú inolvidable.

—Vale, iré a tu casa.

—¿Sabes la dirección? ¿Te acuerdas de que estuviste una vez?

—Sí, claro.

Nos despedimos con un par de besos amistosos. Me di cuenta de que me agradaba el roce de sus labios y el olor de su piel. Hacía tiempo que no terminaba el día con una sensación tan placentera. Me gustaba sentirme deseada por Bashir. Confiaba en él. Era un hombre que no pedía el menor esfuerzo, con el que podía ser tan espontánea como quisiera. Dudé unos instantes si debía despedirme sin más o invitarle a subir. Mejor así.

21

Aunque había dormido poco, me desperté relajada y alegre. Era la primera noche desde hacía días que no soltaba alguna lágrima pensando en Tanis. Tenía que apresurarme para llegar pronto al periódico y revelar las últimas copias de Santiago Soler. Estaba dispuesta a pedirle que me adelantase un dinero o, en el peor de los casos, le diría que se las regalaba a cambio de liquidar la deuda de la fianza. Lo que no quería por nada del mundo era haber hecho ese trabajo en vano.

Cuando llegué a la redacción, solo estaba el viejo conserje.

—Pero, jovencita, ¿qué haces tú por aquí tan temprano?

—Ya ves, Paco, tengo mucha prisa. ¿Me abres el laboratorio?

—Sube y empuja la puerta. Si estuviera cerrado, pide las llaves a las de la limpieza que andan por ahí.

Subí los escalones de dos en dos, entré en la redacción y me sorprendió ver aquel paisaje insólito. Los papeles ordenados sobre las mesas, los carritos de las máquinas alineados delante de las sillas, y las ventanas abiertas de par en par. Apestaba a lejía, pero en realidad era más agradable que el olor habitual a humanidad y a colillas mezcladas con residuos de bocadillos. Dos limpiadoras llevaban a rastras hasta el montacargas los cubos negros de plástico cargados de botellas e inmundicias de la noche anterior.

—¿Está abierto el laboratorio? ¿Lo han limpiado ya? —les pregunté.

Eran bastante antipáticas, o puede que en realidad estuvieran deseando terminar su jornada laboral, el caso es que se limitaron a asentir con la cabeza.

Di una carrera hasta el fondo del pasillo donde estaba el cuarto oscuro. Encendí la luz, dejé el bolso tirado en el suelo, cogí los carretes y me apresuré a revelarlos, sacar las hojas de los contactos, hacer unas cuantas copias y ponerlas a secar. No quería que nadie viera el material antes de que llegase a su destino.

Durante el proceso, vi cómo aparecían lentamente los rasgos del hombre con el que me había revolcado en la cama del hotel hacía tan solo unas cuantas horas y, sin saber por qué, se me llenaron los ojos de lágrimas. Me entró una llantina inexplicable. ¿Qué me pasaba? Me contuve, respiré hondo, puse la cara debajo del grifo y me sequé con una toalla vieja y sucia que encontré colgada junto a la pila. ¿A cuento de qué venía ese ataque de nervios? No es que me arrepintiera de haberme tirado a aquel viejo, fue una experiencia curiosa, pero pensé que si algún día Tanis llegaba a enterarse, se pondría tan furioso que sería capaz de matarme.

Me resultaba insoportable la idea de no volver a verle o, peor aún, que terminara odiándome. Señalé en la hoja de contactos los retratos que más me gustaban e hice un par de copias a la carrera. Santiago ya debía de haber llegado al despacho. Me quedé mirando las fotos, pensé que tenía una boca muy sensual y no aparentaba ser un cuarentón, pero no me producía ningún morbo. Jamás volvería a acostarme con él. Debía alejarme de aquel hombre antes de que Tanis tuviera la más mínima sospecha de lo que había sucedido entre los dos.

Con el sobre de las fotos en la mano, entré en su despacho después de golpear levemente la puerta con los nudillos.

—¿Estás ocupado?

—Siempre lo estoy, pero pasa, Muriel.

—Te traigo un par de fotos para ver qué te parecen.

—Siéntate. ¿Quieres tomar algo?

—No, gracias, acabo de tomar un café.

—A ver qué has hecho conmigo, chiquilla.

Detestaba que me llamase «chiquilla» con ese estúpido aire de superioridad. Santiago acercó una silla. Antes de sentarse me dio un par de palmaditas cariñosas en la espalda y, de pronto, le vi otra vez como un viejo repugnante. ¿Cómo decirle que no me volviese a poner las manos encima?

—¡Son excelentes! Sabía que me iban a gustar. Quizá... mejor esta para el libro. ¿Tú qué opinas?

—Lo mismo, es la mejor.

Tenía tantas ganas de salir corriendo que decidí no hablarle del dinero. Ya se lo pediría en otro momento. Hice un amago de levantarme de la silla, pero él me lo impidió.

—Espera un segundo, tengo que explicarte algunas cosas.

Se levantó y se apresuró a cerrar la puerta. Me puse muy nerviosa. Pensé que se lanzaría sobre mí para follarme allí mismo, en el suelo o sobre el viejo sofá destartalado. Se me aceleró el corazón, porque no sabía cómo evitarlo sin recurrir a la violencia. Sin embargo, me dejó desconcertada, porque dio un rodeo para sentarse al otro lado de la mesa, frente a mí, con un gesto serio y distante.

—Muriel, el otro día te hice algunos comentarios un poco delicados.

—Supongo que te refieres al asunto de Tanis.

—Así es, a eso me refiero.

—Ya te dije que no te preocupases.

—Es que me tengo que preocupar, no por él, sino por ti. Te he cogido cariño, y no quiero que te busques la ruina.

—Bueno, ¿y qué pasa ahora? ¿Alguna novedad?

—Sabes que tengo buenos contactos, que estoy bien informado, en fin...

—No des rodeos, por favor.

—¿Me prometes guardar el secreto?

—Sí —mentí, sin importarme en absoluto.

—Tanis y su amigo Bashir, que por lo que sé también es amigo tuyo, han montado una agencia de noticias llamada Prensa Libre, que se financia con dinero de dudosa procedencia.

—¿Qué quieres decir?

—Lo financian los terroristas de Sabrí Khalil, más conocido por su nombre de guerra: Abu Nidal, «el padre de la lucha». Es líder de un grupo palestino que está cometiendo atentados selectivos.

—¿Y bien? —pregunté, como si todo estuviera dentro de la normalidad.

—¿Y bien? ¿Es que no te preocupa, chiquilla? A Tanis le han reclutado grupos violentos a través de vuestro amigo Bashir Aziz.

—Ni Bashir ni Tanis tienen la menor relación con el terrorismo.

—Bashir es un palestino que tiene declarada la guerra a Israel y considera que cualquier método es bueno con tal de acabar con su enemigo.

—¿Estás insinuando que se dedica a poner bombas o algo por el estilo?

—La información, a veces, puede ser más destructiva que las bombas. Y lo que está claro es que para poner bombas hace falta información. Unos señalan los objetivos y otros los ejecutan. A Bashir y Tanis los tiene controlados la policía. Les siguen los pasos, Muriel, lo saben todo de ellos. En cualquier momento te puedes encontrar en medio de una operación desagradable.

—¿Desagradable? Concreta, por favor.

—Me refiero a que te puedes ver implicada en un acto terrorista, aunque no dispares una sola bala. Simplemente, te pueden tener como apoyo informativo, pedirte que facilites datos de tus compañeros o incluso de mí mismo.

—¿Tú eres enemigo del pueblo palestino? ¿Acaso eres un objetivo terrorista?

—Cualquiera puede serlo.

—Ay, Santiago, todo esto me suena a película de espías.

—He confiado en ti. Sabes que me refugio en el hotel, conoces mis costumbres, he compartido contigo información muy sensible y quizá sea mejor que no nos veamos a solas durante un tiempo. Te pido, por favor, que cumplas tu palabra y no me traiciones. Pero lo que te ruego, de manera especial, es que te alejes también de ellos.

—Y si tan grave es este asunto, si tan seguro estás de tus acusaciones... ¿Cómo puedes tener a Tanis trabajando aquí contigo? ¿No sería mejor echarlo y alejarte de él?

—Precisamente, Muriel, a veces es mejor tener al enemigo cerca para controlarlo. Y, sobre todo, que no sospeche que tú sospechas.

—Y para ello no se te ocurre nada mejor que contármelo a mí, que soy amiga de los dos. No te entiendo, Santiago.

—Sé que tú no tienes nada que ver con esas actividades y, lo que es más importante, que nunca te mezclarías en asuntos terroristas. Tienes buen corazón, esas cosas se notan. Y además, ya te he dicho que quiero que estés al corriente de lo que hay. Ahora tu seguridad depende de ti.

Me quedé en silencio. Si todo lo que decía era cierto, si realmente confiaba en mí, si tenía tanto interés en protegerme... Supuse que todo era mentira y tuve la astucia de disimular ante él.

—Vaya. Gracias por confiar así en mí, Santiago. Tendré en cuenta todo lo que me has dicho y tomaré precauciones.

—Me gustaría que la confianza fuera mutua. Bueno, Muriel, tenemos que seguir trabajando. Ten en cuenta lo que te he dicho y cuídate. Hasta pronto.

Me sorprendió que no se despidiera de mí con un beso. Seguro que me había utilizado como un cebo para saber más de Tanis y Bashir. Me di media vuelta y bajé por la escalera hasta el piso siguiente. La redacción estaba a pleno rendimiento al mediodía. Eran las horas en las que se iniciaban las reuniones para repartir los temas de la jornada. Lamentablemente, Tanis llegaba en ese momento y me vio bajar de la planta noble. Si me hacía alguna pregunta, poco podría disimular. Traté de esquivarle, pero fue inevitable: se plantó frente a mí para interrogarme.

—Lo último que esperaba de ti, Muriel, es que te hicieras amiguita de ese hijo de puta.

—No sé si es un hijo de puta —respondí armada de valor—. Pero es el que manda en este periódico, y si me pide unas fotos, las tendré que hacer porque es un trabajo que me gusta y quiero seguir aquí, a pesar de ti.

Me pareció que le había dolido mi comentario y aflojé un poco, pero quería mantenerme firme y no ceder en el terreno conquistado.

—¿Y qué se supone que debo hacer ahora? ¿Insultar a mi jefe para que me despida?

—Solo te digo una cosa: no te dejes embaucar por ese cantamañanas.

Se largó sin esperar respuesta. Hubiera querido prolongar la conversación, pero no tuve suerte. Aun así, algo me hizo pensar que las cosas todavía tenían arreglo. Cuando iba hacia el laboratorio para recoger el resto de las fotos, terminaba la reunión donde ya se habían repartido las tareas. Uno de los redactores me llamó a gritos. Tenían un trabajo para mí.

—Tienes que ir a la Torre de Madrid a hacer fotos a Yves Montand, Costa-Gavras y Semprún. Han venido a presentar su película *La confesión*, pero no creo que les den mucho tiempo. Vete ahora mismo para allá y consigue las fotos antes de que les peguen una patada en el culo y les expulsen del país.

—¿Y por qué los van a echar? —pregunté y al instante me arrepentí de sacar a relucir mi ignorancia.

—Es una de las primeras veces que Semprún entra legalmente en España, y sus amigos, Yves Montand y el griego, vienen con ganas de provocar. Te digo yo que estos tres vienen a dar guerra. Tú consigue esas fotos. Hay una rueda de prensa dentro de media hora. Sal pitando.

No me lo pensé dos veces, cogí las cámaras y me metí en el metro para llegar lo antes posible a plaza de España.

La puerta del edificio de la Torre de Madrid estaba tomada por policías de uniforme y de paisano que obligaban a identificarse a todos los que entraban. Me limité a dar mi carné de identidad y a mostrar la bolsa con el material fotográfico. Me sorprendió que a mí no me pusieran el menor impedimento, mientras otros compañeros protestaban en la calle porque no les dejaban pasar. Una vez superada la barrera, subí en el ascensor hasta el piso veinte: allí se encontraba la *suite* donde se iba a celebrar la rueda de prensa. Solo había unos cuantos periodistas con Yves Montand y el director Costa-Gavras. Faltaba Jorge Semprún. Alguien de la distribuidora dijo que teníamos que empezar lo antes posible porque la policía estaba dispuesta a intervenir. De hecho, había en la sala varios de la Secreta, que se distinguían sin esfuerzo del resto de los asistentes por su aspecto hosco y sus trajes grises. Me apresuré a pedir al realizador y al protagonista de la película que se pusiesen juntos frente al enorme cartel impreso con la carátula de la cinta para hacerles unas cuantas fotos. Montand miró con gesto seductor al objetivo de la cámara y me dijo.

—*Oui, avec plaisir, mademoiselle.*

El griego, como había llamado el redactor de *El Hispano* a Costa-Gavras, parecía un tipo mucho más serio. Volvieron a sus respectivos asientos y cuando se disponían a hablar del estreno de la película, irrumpieron en la habitación unos cuantos policías más que nos dieron la orden de quedarnos donde estábamos porque iban a proceder a identificarnos. Yves Montand exigió indignado llamar a su embajada. Uno de los agentes con uniforme gris, que probablemente no tenía ni idea de quién era el actor, le respondió con cajas destempladas.

—Usted se queda ahí quieto como todo el mundo.

—¿Estoy detenido? —preguntó en español.

—No, no, están solamente *retenidos* —respondió otro policía con mejores modales que el anterior.

—¿Retenido? Eso es intolerable, yo me voy de aquí.

Se produjo cierto revuelo y algún que otro forcejeo, momento que aproveché para salir de allí lo más rápidamente posible. Tenía las fotos. Una vez más, había cumplido con la misión encomendada.

22

Volví al periódico a toda prisa. Si quería llegar a la hora de comer a casa de Bashir, tenía que dejar las fotos para después. El jefe me dijo que podía revelarlas por la tarde, ya que Tanis no terminaría el texto hasta después de ver la película y todavía estaba escribiendo una pequeña entrevista con Semprún. Hasta ese instante no supe que íbamos a compartir el reportaje, quizá fuera una buena ocasión para aclarar ciertas cosas, pero me acordé de que Bashir me estaba esperando y no quería defraudarle. Dejé el material en el periódico, me lancé a la calle y paré un taxi.

—Al paseo de La Habana, por favor, lo más rápido que pueda.

Cuando llegué, Bashir tenía la mesa puesta con un elegante mantel blanco de hilo, unas delicadas copas con el filo dorado, que hacían juego con los cubiertos y los platos blancos.

—*Salam alaikum,* Muriel, bienvenida a mi casa.

Me cogió con ambas manos por los hombros, se quedó unos segundos mirándome fijamente a los ojos, y me dio un beso lento y casto en cada mejilla.

—Gracias, Bashir. Espero no haber llegado tarde. Vengo de hacer unas fotos y...

—No te preocupes, la comida está preparada, pero antes vamos a tomarnos un vino con unas aceitunas de mi país.

Nos sentamos alrededor de una mesa baja en un par de sillones de rayas multicolores. Todo estaba dispuesto con gran detalle, lo cual me produjo sensaciones contradictorias. Me sentía halagada, por supuesto, aunque no sabía hasta qué punto tendría que corresponder a mi anfitrión.

—*Ana bijair, shukran.* ¿Sabes lo que quiere decir?

—Me encantaría saber árabe, pero me parece imposible aprenderlo.

—¡No lo es! Yo podría enseñarte. Piensa que es un idioma muy útil, lo hablamos muchos millones de personas. Aunque no exactamente el mismo, claro.

—¿Y qué significa lo que me has dicho? —pregunté con curiosidad.

—Que me encuentro muy bien gracias a ti.

—Siempre sois tan correctos en las formas... No creo que haya un idioma más cortés que el árabe.

—Yo también lo creo. Y eso, como es lógico, será porque los que lo hablamos somos muy corteses.

—O a lo mejor es porque tenéis mucho que ocultar. Yo, siempre que alguien me viene con un tono exageradamente amable, desconfío.

Bashir dio un buen sorbo a su copa. Tenía que desmontar mis argumentos.

—Entiendo lo que dices. Pero si alguna vez me apuñalan, agradeceré que antes me sonrían y me den los buenos días.

Reí la ocurrencia.

—¡Así que todo este maravilloso recibimiento es para descuartizarme!

—Claro, ¡pero con una educación exquisita!

Curiosamente, a pesar de mis fundadas sospechas de que Bashir quería seducirme, no me sentía incómoda. Confiaba en él y, de alguna manera, estaba convencida de que no lo intentaría mientras yo no me insinuase. Y, por el momento, no tenía intención de hacerlo. Las cosas estaban bien como estaban.

—Te agradezco que hayas aceptado venir a mi casa. —Acercó su copa a la mía—. Brindemos para que nunca nos falte un sueño por el que luchar, un lugar adonde ir y alguien a quien querer.

—¡Y por nosotros!

—¡Y por lo maravillosa que es la vida! —añadió Bashir—. Según un proverbio árabe, el destino de los vivientes es reencontrarse. Estoy convencido de que Tanis te ha puesto en mi vida y ya nada ni nadie impedirá que continúes en ella. Existe un hilo rojo que nos conecta.

—Un poco precipitada tu teoría —objeté con sorna.

—¿Y eso no la hace más atractiva? ¿No conoces la leyenda del hilo invisible que une a las personas destinadas a encontrarse, sin importar el tiempo, el lugar o las circunstancias? Pues ese hilo se puede estirar, contraer, algunas veces se tensa, pero nunca llega a romperse. Estamos unidos por el hilo rojo y doy gracias al cielo por tenerte aquí.

—En qué quedamos: ¿el hilo es invisible o rojo?

—Como es invisible, podemos pintarlo del color que queramos. Y el nuestro es rojo.

Lo estaba pasando bien con aquel jugueteo galante, a pesar de lo insólito que resultaba para nuestras costumbres.

—¿Eres creyente, Bashir?

—Sí, como ves, creo en muchas cosas.

—Vale… ¿Eres musulmán?

—No, pero respeto a los que lo son. ¿Vamos a comer?

—Lamento que te haya molestado la pregunta.

—¡En absoluto! Lo que sí lamentaría es que se enfriase la *maqluba*. Sobre todo porque presumo de hacerla espectacular. ¿Sabes lo que es? —Mi gesto de interrogación respondió por mí—. Es una comida típica que en Palestina se suele comer los viernes y festivos. Lleva arroz, cordero, berenjenas, canela, azafrán, cardamomo… y algún otro ingrediente secreto. También he hecho *tabule* y *hummus*. Espero que te guste.

—Seguro que sí, me encanta la comida árabe.

Nos sentamos a la mesa y mientras saboreábamos los manjares, hablamos de fotos, de trabajo, de comida…

—Es cierto que eres bueno en la cocina. El arroz está delicioso. ¿Cuál es ese misterioso ingrediente secreto? No logro diferenciarlo.

—¿No? Pues qué frustración, porque es… ¡amor!

—¡Bashir!

—¡Es cierto! ¿Acaso no salen mejor tus fotos cuando amas lo que estás haciendo? Pues con la *maqluba* pasa igual.

—Entonces supongo que se notará que hoy las he hecho con más prisas que amor.

—¿Y qué o quién era el objetivo?

—Yves Montand y Costa-Gavras, por el estreno de *La confesión*. ¿La has visto?

—Sí, la vi en París y no creas que me gustó mucho.

—Me han contado que es un alegato contra la tortura. Aquí nos vendrá bien ver algo así.

—Es bueno denunciar el estalinismo, pero estos se pasan de autocríticos. Se lo sirven en bandeja a la derecha reaccionaria. No creo que la frase final aclare demasiado las cosas.

—¿Qué frase?

—«Despierta, Lenin. Se han vuelto locos.» Una película tan comprometida políticamente no puede tener tal cantidad de matices. Me gustó mucho más *Z*, donde nadie duda de quiénes son los malos.

—A mí *Z* me dejó muy impresionada. Pero tampoco es acertado dividir el mundo entre buenos y malos.

—A veces no queda más remedio. Los que te echan de tu país y te roban la tierra son inequívocamente malos.

—Vosotros, quiero decir los palestinos, ¿tenéis buena relación con los soviéticos?

—Desde luego, mucho mejor que con Estados Unidos, que nos considera terroristas.

De pronto vi la oportunidad de sacar a relucir el nombre de Abu Nidal y comprobar si había algo de cierto en las sospechas de Santiago Soler sobre sus vinculaciones guerrilleras:

—¿Y no lo sois? —le pregunté.

—Ahora sí que debería ofenderme la pregunta... Pero como viene de tus labios, es imposible que me ofenda. En la OLP no hay terroristas: los terroristas son ellos.

—Perdona, pero... ¿secuestrar aviones o poner bombas no es terrorismo?

—La OLP ya no utiliza esos métodos.

—¿Abu Nidal no es de la OLP?

—No. Después del enfrentamiento con Arafat, se distanció de la OLP. Pero, de todas formas, en muchas ocasiones hemos tenido que utilizar la violencia en defensa propia.

—¿Tú le conoces?

—¿A Abu Nidal? Sí, claro, le he tratado lo mismo que a George Habash, a Nayef Hawatmeh y a Ahmed Jibril. Todos tenemos el mismo origen, aunque cada uno hayamos elegido caminos distintos.

—Oye, Bashir, dime qué os traéis entre manos Tanis y tú. Me han contado algo de una agencia llamada Prensa Libre...

—¿Te lo ha contado Pedro? ¡Qué chismoso!

—Quiero saber si es verdad —respondí sin desmentirle.

—Es verdad que Tanis tiene un sueño: dejar el periódico y fundar su propia agencia de información para escribir lo que le dé la gana. Se lo ha propuesto a los argelinos y le han dicho que sí. Y yo le estoy ayudando en todo lo que puedo. ¿Te parece mal?

—No, a mí no, pero tened cuidado, porque hay quien sospecha de vosotros. Creo que incluso la policía puede estar vigilándoos.

—¿Cómo lo sabes?

—Eso es lo de menos, lo he oído por ahí. Lo que importa es que tomes precauciones, que tengas cuidado.

—¿Qué clase de precauciones? No hacemos nada peligroso. Informar de lo que pasa en los países no alineados no es delito.

—Aquí sigue siendo delito cualquier cosa.

—Querida Muriel, te agradezco que te preocupes por mí.

—Tú harías lo mismo por mí, siempre has sido generoso conmigo. No quiero que te pase nada, así que agradécemelo cuidándote.

—Ahora tengo un motivo importante para hacerlo.

A partir de ahí, la comida continuó con asuntos intrascendentes que me permitieron relajarme y disfrutar más de los platos y de sus delicados sabores orientales.

Quedamos en vernos más tarde y, de camino en taxi al periódico, pensé en lo maravilloso que sería enamorarme de un hombre capaz de sacar lo mejor de mí misma; un hombre que me mantuviera alegre, tranquila, confiada y en calma. Pero por desgracia no era fácil controlar los sentimientos. Me había enamorado del que menos me convenía. Estaba deseando llegar a la redacción para reencontrarme con Tanis y elaborar juntos las páginas que nos habían asignado, con la esperanza de que se produjese el milagro de la reconciliación. Respetaba a Bashir, incluso podía llegar a quererle, pero adoraba el cuerpo de Tanis. Quería rozarme con él y apretar mi cabeza sobre su pecho. Deseaba con todas mi fuerzas liberarme de esa obsesión, pero no podía evitarlo y no sabía cómo expulsarlo de mi mente.

23

Recuerdo que aquel día lo hice todo precipitadamente. Cuando llegué al periódico pasé por alto que había un desconocido en la puerta. Era un tipo más bien bajo, de mediana edad, mal trajeado y lo único que destacaba de él eran sus gafas negras en un día nublado. Se plantó delante de mí, interceptándome la entrada.

—¿Puedo hablar contigo?

—Llego tarde al trabajo, lo siento.

—Será solo un minuto, quiero contarte un par de cosas —dijo mientras me enseñaba su placa policial—. Si quieres, vamos a ese bar.

—Le he dicho que llego tarde al trabajo, no puedo ir a ningún sitio con usted.

—Si es más eficaz, te detengo y te llevo a la comisaría. ¿Qué prefieres: al bar por las buenas o a la comisaría por las malas?

Me sujetó levemente por el codo para dirigirme hacia el bar que estaba frente al periódico. En esas circunstancias, no me atreví a llevarle la contraria. Había visto la placa y, sobre todo, su actitud decidida. Nos quedamos de pie en un recodo de la barra y entró enseguida en materia.

—¿Conoces a este hombre?

Me mostró una fotografía un poco manoseada. No obstante, identifiqué su rostro. Era Imanol, el vasco que conocimos en Córcega; el que nos propuso que vigilásemos a un compañero del periódico.

—Me suena su cara, pero no sé quién es.

—Te suena su cara, ¿verdad?

—Sí, lo he visto en algún sitio.

—Te voy a decir dónde. En el festival de música de Córcega del que acabáis de volver Estanislao y tú.

—Ah, es posible, quizá me suene de eso.

—¿Y dices que no sabes cómo se llama?

—No, la verdad es que no. Me presentaron a mucha gente.

—Yo te lo contaré. Se llama José Miguel Balzategui, alias *Imanol*, y es miembro de un comando de ETA.

—No tenía ni idea —respondí asustada.

—¿Sabes lo que te puede pasar si te pillan en compañía de asesinos como ese? —preguntó el policía cada vez más crecido, al ver cómo yo me encogía por momentos.

—¿Ha matado a alguien?

—Si no ha matado todavía es porque no ha podido, pero lo intentará.

—Le repito que no sabía quién era, ni cómo se llamaba y mucho menos que fuera militante de ETA. Se lo juro.

—A mí no me jures nada. Te haré una seria advertencia: ¡aléjate de esta gente! Y no me refiero solo al etarra, sino también a tu compañero de trabajo. De lo contrario, la próxima vez que me veas no seré tan simpático.

—¿A qué compañero se refiere? —pregunté con falsa ingenuidad.

—No me gusta perder el tiempo. Márchate y, por tu bien, no olvides esta conversación.

Me fui corriendo hacia el periódico, subí los escalones de dos en dos y lo primero que hice fue buscar a Tanis por toda la redacción. Le encontré en una mesa que no era la suya, absorto en la escritura.

—Tanis, tengo que hablar contigo —le dije jadeando.

—Estoy ocupado, ahora no...

Sin embargo, alzó la vista y, al comprobar mi excitación, me hizo caso.

—Pero ¿qué te pasa?

—Me ha detenido un policía y me ha dicho...

—Espera, vamos a otro sitio.

Nos fuimos a un rincón discreto donde no pudieran oírnos y me pidió que me tranquilizara y le explicase todo desde el principio. Y eso hice, suponiendo que el principio hubiera empezado hacía quince minutos, cuando me disponía a entrar en el periódico y me encontré con el policía.

—¡Que nos tienen fichados y dicen que nos andemos con ojo! —resumí el relato de los hechos.

—¿Qué me estás contando? ¿Qué saben?

—Pues lo de Córcega y todo lo demás. Me ha dicho que el verdadero nombre de Imanol es José Miguel Balzategui y que pertenece a ETA. Me ha enseñado su foto.

—Y tú te lo has creído todo, ¿verdad?

—Ya te dije que no me gustaba un pelo.

—¿Te importa que hablemos luego más despacio? Ya he escrito sobre la película y la expulsión de Yves Montand, pero aún me queda terminar la entrevista.

—¿Han expulsado a Montand?

—Sí, le han puesto en la frontera, imagínate el escándalo internacional. Por cierto, tus fotos nos van a venir muy bien, son las únicas en las que aparece con Costa-Gavras. ¿Quieres echar un vistazo al texto y así me ayudas a corregirlo?

Nunca me pedía ayuda profesional. ¡Qué gran honor! Me sentí tan halagada que me alejé sin rechistar, busqué una mesa y me puse a leer el texto con suma atención. Así comenzaba Tanis su crónica:

> *La confesión* —con guion del español Jorge Semprún basado en el libro-testimonio que escribió Artur London sobre su dramática experiencia personal— narra las purgas comunistas contra un sector de la izquierda heterodoxa checoslovaca durante el Proceso de Praga. La pretensión del autor es denunciar los totalitarismos y algunos no le perdonan que haya incluido en ellos a los actuales dirigentes de la Unión Soviética. Por eso, en determinados círculos intelectuales de izquierda, se le considera un apestado.

A medida que leía el texto me iba enterando de que *La confesión* se proyectaba desde hacía meses en todos los cines europeos con un éxito grandioso. Supe que en España había tenido problemas con el público, dividido entre una mayoría que no la entendía y una minoría que la entendía demasiado. Vivíamos todavía un país extraño. No comprendía por qué la censura había permitido su estreno en Madrid de la mano de Jorge Semprún, persona non grata para las autoridades españolas, al igual que el resto de sus compañeros de rodaje. Lo que Tanis no podía contar era que Semprún conocía bien las actuales calles madrileñas, porque las había pateado muchas veces clandestinamente con la falsa identidad de Federico Sánchez. Ni tampoco que sus dos compañeros, Montand y Costa-Gavras, tenían gran simpatía por los españoles y, sobre todo, un fuerte sentimiento de solidaridad con los perseguidos por la dictadura.

Puse el máximo interés en comprender aquel lío. No me hubiera atrevido a corregir una sola coma del texto, pero me resultaba difícil entender gran parte de las circunstancias que rodeaban al estreno de una película tan emblemática.

Tanis la había visto a primera hora de la tarde en un cine de la Gran Vía, cuyo nombre oficial en aquellos tiempos era avenida de José Antonio. Nadie la llamaba así, aunque durante la guerra tuvo denominaciones todavía más exóticas, como avenida de la CNT, de la Unión Soviética o de México. El caso es que la Gran Vía para los madrileños siempre fue la Gran Vía. Contaba Tanis la desolación que le produjo ver el escaso público que asistía a la proyección y, además, los pocos que había no mostraban el menor entusiasmo por el heroísmo de los patriotas checoslovacos. Durante las escenas violentas de torturas y vejaciones, algunos abandonaron la sala entre murmullos de reproche e incomprensión. Muchos llevaban el pelo muy largo y las zamarras guerrilleras, el uniforme de los universitarios de izquierda, y mostraban su indignación por considerarla una historia reaccionaria al servicio de los intereses capitalistas contra la Unión Soviética. Una impresión parecida a la que me contó Bashir. Era pronto, decían, para «confesar» públicamente los crímenes estalinistas. En fin, que todo apuntaba a su fracaso en España.

Devolví el texto sin una marca y le trasladé a Tanis, una por una, todas mis dudas. ¿Por qué el «socialismo con rostro humano» era algo tan diabólico para el estalinismo soviético? ¿Cómo habían sido capaces de enviar tanques a los países hermanos para masacrar a la población civil? ¿Por qué torturaban a los disidentes? ¿Qué clase de monstruos eran? Si la realidad era así de simple y de inaceptable, ¿por qué no se podía pregonar a los cuatro vientos? ¿Cuántas veces había oído decir en situaciones diversas que «los trapos sucios se lavan en casa»? La expresión me revolvía las tripas.

—Para entenderlo mejor tienes que leer la novela de Artur London —me respondió—, no todo es blanco o negro.

Estuve a punto de meter la pata y comentarle que eso mismo le había dicho yo a Bashir, que el mundo no era tan maniqueo como para dividirlo entre el blanco y el negro, pero por suerte me mordí la lengua. Para evitar que leyera mis pensamientos, volví a las advertencias del policía, aunque le seguí ocultando que Santiago Soler también me había dicho que seguían todos sus movimientos.

—Tengo miedo, Tanis. Temo que te vuelvan a detener.

—¿Y por qué van a hacerlo?

—Porque te vigila la policía. ¿Por qué no me has contado nada de Prensa Libre?

—Te recuerdo que hemos estado un tiempo sin dirigirnos la palabra.

—¿Por qué lo saben ellos?

—No tengo ni idea. Supongo que *ellos* nos espían.

—¿Quién financia la agencia?

—No seas ingenua. Te han tendido una trampa. Pretenden que les cuentes lo que sabes.

—Yo no sé nada.

—Mejor.

—No, yo prefiero saber la verdad, quiero saberla.

—Muriel, no sé lo que te habrá contado esta gentuza,

pero no hay ningún misterio. Me llamaron de la embajada de Argelia a través de Bashir y me propusieron enviar crónicas para la agencia oficial de noticias. Solo me pagan por las informaciones que reciben. Eso es todo. A Bashir y a mí se nos ocurrió ponerle un nombre a lo que algún día puede llegar a ser un servicio de noticias para otros países árabes. Nos gustó lo de Prensa Libre. Eso es todo. ¿Crees que hay algún motivo de alarma o de sospecha?

No supe qué decir, su respuesta me había convencido. Parecía evidente que tanto el policía como Soler habían inflado un globo que Tanis acababa de pinchar. Otro asunto era el de Imanol y Mario. Estaba claro que eran militantes de ETA y que habían tratado de implicarme para que les diera información de uno de sus objetivos. Nunca lo haría. Aunque esa era otra historia.

—No sé, perdona, me han asustado.

—Está bien, pero no vuelvas a dejar que te engañen de esa manera tan burda. Y no les hables de la gente que vimos en Córcega.

—Te lo prometo. No diré ni una palabra. ¿Vas a entregar ya tu crónica?

—Sí, ya está todo listo. Por cierto, quería hacerte una propuesta. Este fin de semana tengo una entrevista en París con Atahualpa Yupanqui. ¿Te apetece hacer las fotos?

Me dejó desconcertada durante unos instantes, porque había tenido un incidente con Atahualpa Yupanqui durante su visita a Madrid unos meses atrás. Coincidimos en el café Gijón y a la salida él se ofreció para llevarme a casa en un taxi. Acepté con total inocencia la invitación y cuál sería mi sorpresa al ver que el legendario payador intentó besuquearme, así que me tocó pedirle al taxista que parase para bajar del coche y huir de mi ilustre acosador.

No le di más importancia, pero no quise contárselo a Tanis. Pensé que, en caso de que Yupanqui se acordase, tampoco lo contaría. De todas formas, me fascinaba la idea de hacer un nuevo viaje en su compañía. Y eso que me había jurado a mí misma que jamás volvería con él. A mí misma y a Bashir.

—Me encantaría —respondí con entusiasmo.

—Perfecto, nos vamos mañana por la tarde. He quedado con él en La Coupole el sábado al mediodía. Podemos pasar un bonito fin de semana en París. ¿Te vienes luego a tomar una copa a El Junco?

—Creo que hoy no. Revelo las fotos para tu artículo y me voy para casa. Estoy muy cansada. Además, tengo que preparar cosas para el viaje, si vamos a irnos mañana.

Había quedado con Bashir en el bar de enfrente. Me aterraba la idea de que me viese con él. Así que cuando llegó la hora de nuestra cita busqué un teléfono y llamé para avisarle.

—Hola, soy Muriel. ¿Está por ahí Bashir? —El camarero me lo pasó inmediatamente—. Bashir, no me esperes. Perdóname, pero prefiero irme a casa.

—¿Qué sucede?

—Nada grave. Ya te contaré con más detalle.

Pero él se puso insistente y consideré que merecía saber la verdad. Era lo justo.

—Me voy mañana con Tanis a hacer un reportaje en París. Lo entiendes, ¿verdad?

—Lo entiendo, claro, y también lo lamento. De veras que lo siento; a pesar de todo te deseo que lo pases bien.

—Gracias por tu comprensión.

—No es comprensión, es paciencia. Aquí estaré, esperándote. Recuerda el hilo rojo.

24

Poco antes de aterrizar en el aeropuerto de Orly, el comandante informó por el altavoz de que la temperatura era muy elevada en París. Era poco habitual que se hubieran superado los treinta y cinco grados, a pesar de que estábamos empezando el mes de julio. El calor era agobiante, pero ni siquiera sentí la bocanada de aire caliente cuando descendí por la escalerilla del avión. Estaba eufórica porque Tanis se había llevado la guitarra y pensé que podríamos repetir otra noche mágica como la que tuvimos en Porto Vecchio. Necesitaba canciones para reavivar mi amor.

Descargamos el equipaje, tomamos el tren, después la línea cuatro del metro y nos bajamos en la estación de Odéon, la más cercana a la rue de Médicis, frente al Jardín de Luxemburgo, en pleno Barrio Latino, donde una buena amiga de Tanis nos había ofrecido alojamiento para el fin de semana. Yo prefería un hotel, pero él se había empeñado en que conociese a la doctora Anita Cruz, exiliada en París desde hacía un par de años, una mujer a la que idolatraba.

—Ya verás, es extraordinaria. Te gustará.

Tenía motivos sobrados para sospechar que Anita había estado liada con Tanis y, probablemente, aún seguía estándolo. Mi temor es que él la quisiera; si no, a cuento de qué despertaba tanta admiración.

—Es una mujer inteligente, fuerte y solidaria —continuaba él.

Lo que daría por que dijese algo parecido sobre mí... La fama de solidaria le venía, al parecer, porque estuvo trabajando en hospitales de Cuba y Argelia y operando a los niños de los guerrilleros eritreos. Era lo que entonces se consideraba una mujer inequívocamente comprometida con la causa de los oprimidos.

En la casa no había ascensor y tuvimos que subir andando hasta la cuarta planta y media más para llegar a la buhardilla de Anita Cruz. Menos mal que íbamos ligeros de equipaje. Nos abrió la puerta una mujer cercana a los cuarenta años, de aspecto exuberante, labios carnosos, con el pelo rubio recogido en un moño primorosamente despeinado, vestida con una masculina camisa blanca atada con un nudo en la cintura, unos pantalones negros muy ajustados y los pies descalzos con las uñas pintadas de rojo.

—¡Oh, mi adorado Tanis! —exclamó emocionada mientras le abrazaba.

Tardó en despegarse, ignorando por completo mi presencia. Después de un buen rato, me cogió las dos manos y le preguntó con tono cariñoso:

—¿Es esta tu preciosa mujercita?

—Es Muriel, mi compañera de trabajo y, como bien has dicho, una mujer preciosa —respondió tratando de estar a la altura de su amiga.

—Vamos, vamos, no me engañes, es tu amorcito. ¡Besadme los dos!

Yo le di un beso de refilón, Tanis fue mucho más efusivo.

—Déjame decirte, querida Anita, que estás deslumbrante —comentó separándose de ella una vez más para recorrer todo su cuerpo con la mirada—. Sigues siendo un auténtico peligro para los hombres.

—Se hace lo que se puede —respondió presumida.

Estaba segura de que Anita no se separaría de Tanis, de modo que daba por arruinado mi fin de semana en París. Y suponiendo que le diera por tocar la guitarra, tendría que compartir el concierto con otra mujer.

Dejamos el exiguo equipaje en una pequeña habitación con una cama enorme y una ventana instalada en el tejado con vistas al cielo y decidimos acercarnos a comprar libros y cuadernos en la librería Joseph Gibert, en el Boulevard Saint Michel, donde nos sorprendió encontrar una gran estantería dedicada a la obra de Pablo Neruda, en esos momentos embajador chileno en Francia. Apenas cuatro meses más tarde, Neruda recibiría el Premio Nobel de Literatura; pocos autores en lengua española merecían tanto honor por parte de la Academia Sueca. Después de curiosear un buen rato por la librería, cumplimos el ritual de pasear por Saint-Germain-des-Prés y tomar un par de cervezas en Les Deux Magots y en el Café de Flore. El itinerario no podía ser más emblemático.

Cuando Anita me preguntó si conocía París, dije que sí, que había estado solo una vez, pero que me había pateado a fondo el Barrio Latino. En aquellos tiempos, tenía la absurda manía de no dejarme sorprender y el vano empeño de demostrar que, a pesar de mi juventud, estaba de vuelta de todo. Mi respuesta no era una mentira absoluta, porque lo que se dice pisar es cierto que pisé París, aunque lo justo para llevar un paquete de libros a un amigo de mi familia que vivía en la rue Monsieur le Prince —muy cerca de la casa de Anita Cruz—, antes de tomar un tren que me llevaría a Calais, donde cogería un ferry para llegar a Southampton, y de allí otro tren hasta la estación de London Victoria. Tenía diecisiete años y fue mi primer viaje solitario fuera de España. Creo que mentía para no pasar por una inexperta jovencita que desconocía el mundo. Era imposible competir con una persona tan cosmopolita como ella, pero, al menos, evitaría que se convirtiera en nuestra guía turístico-intelectual.

A pesar de los celos, admito que se trataba de una mujer excepcional, simpática y muy divertida, razón de más para temerme lo peor: que no nos dejase a solas ni para dormir. Estábamos sentados de charla en la terraza del Café de Flore, donde hacía un calor insoportable. Anita tenía muchos amigos entre la clientela del café, porque saludó efusivamente a los que estaban sentados en tres mesas distintas. Luego tuvo la delicadeza de explicarnos con detalle quiénes eran, de qué los conocía y a qué se dedicaban. Hablaba sin descanso, como una cotorra, aunque todo lo que decía resultaba interesante.

Cuando ya empezaba a resignarme y a considerar su presencia inevitable, Anita, de pronto, se puso de pie y se despidió de los dos.

—Bueno, queridos, os dejo solos. Tengo muchas cosas que hacer. Supongo que no necesitáis nada de mí. No me esperéis esta noche porque llegaré muy tarde y por si mañana no os veo antes de que vayáis a La Coupole, besad de mi parte a Nenette y a su adorable marido. Si os apetece, nos encontramos en casa por la tarde para que tomemos unos vinos y me contéis cómo os están yendo las cosas.

Me dejó boquiabierta y desarmada. Cuando se fue, le pregunté a Tanis quiénes eran la tal Nenette y su marido. El verdadero nombre de Nenette era Antonietta Paule Pepin Fitzpatrick. Se trataba de una compositora francesa, esposa del argentino Héctor Roberto Chavero Aramburu, cantautor, guitarrista y poeta, más conocido como Atahualpa Yupanqui. El mismo con el que teníamos una cita a partir del mediodía para un almuerzo temprano en Montparnasse, al otro lado del Jardín de Luxemburgo. Pocos sabían, yo la primera, que el gran folclorista estaba casado con una francesa —que, por cierto, tenía su misma edad— y, menos aún, que esta paciente señora era coautora de buena parte de su repertorio, firmado bajo el seudónimo de Pablo del Cerro. Detrás de un gran hombre siempre hay una gran mujer, pero en este caso, como en otros tantos, en régimen de semiclandestinidad.

Continuamos un rato largo en el café. Luego nos fuimos a dar una vuelta por el barrio. Yo me quería parar en todas las tiendas, me quedaba extasiada contemplando los escaparates. Me encantaban las panaderías y el olor de los bollos recién hechos. Esta vez fue Tanis quien dijo que estaba cansado y que quería irse a dormir. Subimos los cuatro pisos de la casa lentamente. No sé por qué estábamos tan agotados. Nos hicimos un té y nos metimos en la cama. Tuve una rara sensación de felicidad; como si Tanis fuera un amor tranquilo y estable.

Cuando al día siguiente llegamos a La Coupole, Atahualpa ya estaba esperando. Llevaba un traje negro con camisa blanca y la corbata de bolo anudada con un precioso prendedor de plata y turquesas, a juego con los adornos que recubrían las puntas de cuero. Y es que este detalle fue el comienzo de la conversación. Tanis le alabó su buen gusto y Atahualpa nos contó que era un regalo de la Negra Sosa que, al parecer, se lo había comprado a unos orfebres indígenas procedentes de Nuevo México. Dicho esto, se apresuró a presentarnos a su compañera, una señora elegante de tez y pelo blanco.

—Esta es mi esposa Nenette. La he traído para que conozca a dos jóvenes españoles de la resistencia.

Me sorprendió el buen recibimiento.

—Señora, es un honor —dijo él, sobreactuando un poco.

—Llámame Nenette, así estaremos todos más cómodos.

Después del breve intercambio de cortesías y de transmitirles los besos de Anita, Atahualpa comentó lo grata que había sido su estancia en Madrid y la satisfacción que tuvo al comprobar la cantidad de españoles que luchaban contra Franco. Así comprobé que o bien no se acordaba de mí y del ridículo episodio que vivimos en el taxi, o bien no quería acordarse. Sabía que durante su estancia en Madrid, Yupanqui había compartido con Tanis copas pero no estaba muy segura de que a mí me recordara. Mejor así.

—Cada uno a su manera, cierto, pero ustedes son un pueblo fiero e indomable.

—¿Indomable? —replicó Tanis—. Pero si llevamos más de treinta años sometidos a un dictador.

—Nadie nace fuerte. Se hace fuerte ganando batallas a la adversidad. Los tiranos jamás podrán encadenar el pensamiento. Vos sos libre.

Y tras las sentencias grandilocuentes, procedimos a algo tan prosaico como elegir el menú de la carta.

—Les recomiendo el plato más tradicional del restaurante: el curry de cordero al estilo indio. A pesar de que gula y vanidad crecen con la edad, lamentablemente, mi estómago me obliga a renunciar a ese manjar y también al Dry Martini que deberías tomar vosotros. Pero a lo que no renunciaré por nada del mundo es a una copita de un buen vino.

Seguimos las indicaciones del maestro y le pedí, antes de que trajesen los platos, hacer las fotos junto a algunos de los treinta y tres pilares del restaurante decorados con pinturas. Atahualpa eligió un discípulo de Kisling, otra de Léger y, después, se puso debajo de la cúpula de la *brasserie* para que yo me luciera con el trabajo. A la mayoría de los entrevistados les preocupaban mucho más las fotos que el texto y, generalmente se fijan más en la fotógrafa que en el redactor.

De pronto, el maestro se puso a recitar:

Juventud, divino tesoro,
¡ya te vas para no volver!

Hice como que no escuchaba para no sentirme destinataria de su lamento poético y seguí a lo mío, mirando por el objetivo y disparando cada vez que el venerable anciano miraba a la lejanía.

Ya en la mesa, relajados y con las copas llenas y los platos rebosantes, Tanis le lanzó un cargamento de preguntas al que Yupanqui contestó como le vino en gana, es decir, yéndose literalmente por los cerros de Tucumán, el lugar a donde fue a parar con menos de diez años, donde cantan las zambas más lindas. Pero nació en la provincia de Buenos Aires, más cerca de Rosario que de la capital, «entre balidos, relinchos y acordes de guitarra». Y fue a los trece cuando quiso llamarse Atahualpa, en honor al último gobernante del Imperio incaico que quiso matar a Pizarro.

—¿Cómo querés que te cuente mi vida en un rato? Nos daría para muchas botellas de vino. Les hablaría de un lugar que se llama Yahuarcocha, «Laguna de Sangre» en quechua, que tenía no más de un metro de hondo y allá metían los conquistadores a los indios: hombres, mujeres, niños y caballos. Pero los indios sobrevivieron y están en todas partes, en Quito, en Bogotá, llevan trencitas, pantalón blanco y en el centro de la sandalia una moneda de cobre para que la electricidad del cuerpo pase a la tierra y así mantener su eterna serenidad. Subiendo a uno de los cerros de Tucumán, yo compuse «Camino del indio» antes de cumplir los veinte. Me la inspiró un indígena anciano que vivía en un ranchito.

Y habló, cómo no, de los Aramburu, sus antepasados vascos. Y hasta se puso a tararear otra de sus canciones, «Caminito español»:

Por un camino de España
camina mi corazón:
antes no se conocían,
hoy son amigos los dos...

Cuando Tanis le preguntó por su fugaz militancia en el Partido Comunista y por sus relaciones con Paul Éluard, Édith Piaf, Pablo Neruda y muchos más, mantuvo todas sus reservas. Apenas musitó lo caro que le costó luchar contra el régimen fascista que entonces gobernaba en su país, las veces que lo detuvieron y cómo le prohibieron actuar e impidieron que se pronunciara su nombre. Y entonces se puso a cantar bajito «El payador perseguido»:

Por fuerza de mi canto
conozco celda y penal.
Con fiereza sin igual
más de una vez fui golpeao
y al calabozo tirao
como tarro al basural.

Y nos señaló la estrofa en la que alude a su alejamiento del partido:

El cantor debe ser libre
pa desarrollar su cencia.
sin buscar la conveniencia,
ni alistarse con padrinos.
De esos oscuros caminos
yo ya tengo la experiencia.

Tenía pocas ganas de hablar sobre Paul Éluard, el poeta que le presentó a Édith Piaf, episodio en el que Tanis había puesto especial interés. En aquellos años, la parisina vivía su época de máximo esplendor y permitió a Atahualpa dar un concierto con ella en el Ateneo que fue un éxito rotundo y supuso su lanzamiento europeo. El payador argentino, sin embargo, era poco vanidoso de sus éxitos. Lo atribuía a que los hombres de campo, como él, eran orgullosos pero jamás tan engreídos como los porteños. Prefirió bromear con gustosas anécdotas, como la que contó de cuando fue a visitar a Neruda, en los tiempos en que ambos estuvieron en prisión, eso sí, bromeó, cada uno en la suya.

—Me sorprendió encontrar a Neruda tan pálido, él, que era morenito, y le dije: «¿Qué, estuviste fuera?». Y me respondió: «No, estuve adentro». Yo también estuve a la sombra aquel año. Él vivía en Ñuñoa, un barrio de Santiago de Chile que tiene un caminito hacia la cordillera de los Andes. A su mujer le decíamos «hormiguita», porque era pequeña, flaca y mojada. El caso es que un día salimos de aquella casa linda para caminar. Había una luna hermosa, parecía un queso colgado del cielo. Me tomó del brazo y fuimos por la alameda hacia la montaña. «Es una noche ideal para dos que se entiendan», me dijo Pablo. «Cierto», dije yo. Tras un largo silencio, al rato, añadió: «Lástima que aquí sobre uno». Le solté del brazo y me senté en el camino a echar un cigarro. Yo era tímido entonces, pero estaba muy enfadado. Me puse a pensar cómo responderle mientras él se alejaba. Cuando regresó estaba arrepentido de la boludez. «Supongo que no te habrás sentido herido por esa pavada que te dije». «No recuerdo», le respondí. «Sí, eso que me vino de repente, de que sobraba uno de los dos». «No tiene importancia», le respondí, «enseguida me di cuenta de que el que sobraba eras tú». Entonces me dio un abrazo y me espetó: «¡Indio de mierda!». Acabamos la noche tomando coñac hasta hartarnos.

No dejé pasar la ocasión de inmortalizar el momento. Yo seguía haciendo fotos, pero discretamente, para no distraerlos. Y así, hasta que dejó a Nenette que contase lo de la casa del Cerro Colorao, cuya construcción ella afirmó que había supervisado piedra a piedra, mientras él recorría los escenarios del mundo, ligero de equipaje, con poncho, charango, quena y guitarra.

—Y esa casa —añadió él— se la daré al pueblo. Y meteré dentro todo lo que tengo: mis libros, mi piano, mis guitarras, las espuelas de mi padre, el puñal de mi abuelo... y me quedaré solamente con un rinconcito, un par de camitas para cuando vayamos los dos.

Terminó el almuerzo y nos despedimos con mucho afecto. Atahualpa, que iba muy tieso a pesar de sus tres o cuatros copitas de vino, se agarró del frágil brazo de Nenette y salieron de La Coupole como dos hermanitos. Le di las gracias a Tanis por haberme permitido vivir ese momento y entonces me asaltaron dos últimas reflexiones tristes: que nuestro encuentro en Madrid no había dejado la menor huella en la memoria de aquella leyenda y que, probablemente, jamás le volvería a ver. Y así fue.

25

Nos fuimos abrazados dando un paseo por la rue Vavin hasta llegar al Jardín de Luxemburgo, donde nos entretuvimos un buen rato charlando y jugando a tratar de averiguar el nombre de los manzanos, perales, palmeras datileras, limoneros, naranjos y granados, o la identidad de las decenas de estatuas repartidas aquí y allá. La única que reconocimos fue una réplica en bronce de la Estatua de la Libertad que había sufrido algunos desperfectos durante las revueltas de Mayo del 68. Imposible identificar a Baudelaire, Montesquieu, Proudhon, Millet, Delacroix, Watteau, Verlaine o el resto de los artistas, santos y demás ilustres personalidades situadas como muertos vivientes en cada rincón del parque. Para enterarnos, tuvimos que leer los rótulos con la firma del autor de cada pieza y la identidad del personaje y yo hice un comentario muy elemental: que las estatuas de mujeres, situadas alrededor de los parterres centrales, pasaron a la historia únicamente por el hecho de ser diosas mitológicas, hijas de reyes, santas o mártires.

—¿Te parece poco? —preguntó Tanis.

—Me parece triste que no haya músicas, pintoras, escritoras, científicas, maestras... —respondí vindicativa.

Nos asomamos al invernadero para ver las infinitas tonalidades de las orquídeas. Aún hacía excesivo calor y la gente buscaba la sombra de los árboles y la cercanía de las fuentes. Muchas parejas de jóvenes se besuqueaban tumbados en el césped de la gran explanada. También nosotros tuvimos la tentación de revolcarnos, pero habíamos quedado para cenar con Anita, y Tanis no quería hacerla esperar. Antes de salir a la rue de Médicis, bebimos un poco de agua y nos salpicamos las manos y el pelo para refrescarnos con el fin de coger fuerzas para subir los cuatro pisos y medio. Estábamos rendidos y deseando quitarnos los zapatos.

Llegamos a la buhardilla sin aliento. Anita no estaba allí, así que podíamos tomarnos un breve descanso. Me descalcé y me tumbé en la cama con ganas de retozar un poco.

—Tanis, estoy hambrienta, ¿hay algo para picar?

Sonó el estrepitoso timbre del teléfono. Tanis dudó si responder o no, pero hacía tanto ruido y tan prolongado que decidió descolgar.

—De acuerdo. Ahora nos vemos —le escuché.

Fue a la habitación y me informó de que Anita estaba con un amigo y nos esperaba en el café Le Rostand, según salíamos del portal a la izquierda, antes de llegar a la plaza.

—Estoy agotada, mi amor.

—Dice que está muy cerca de aquí. ¿No tienes hambre? Podemos cenar algo.

—Me puede el cansancio. ¿Te parece mal que te deje ir solo?

—Me da igual, es por ti.

—No te preocupes, habrá alguna galleta o cualquier cosa en la cocina. Discúlpame con Anita.

Cerró la puerta y pensé que, a pesar de mis suspicacias, había sido un acierto acompañarle en este viaje. No habíamos tenido ni un leve enfrentamiento y me prometía una noche feliz, aunque con toda probabilidad no tendría otro concierto de guitarra tan emocionante como el de la otra vez. Además, estando Anita, no podía pedirle que cantase solo para mí. Pasó un buen rato y pudo más el hambre que el cansancio. Me levanté para husmear por la diminuta cocina y vi una caja metálica donde encontré las anheladas galletas. Calenté agua, me preparé un té y recuperé fuerzas para curiosear los discos y los libros que se apilaban sobre una tosca estantería de ladrillos y maderas. Me atreví incluso a encender el tocadiscos para escuchar *You've Made Me So Very Happy* mi canción preferida de Blood, Sweat & Tears. Y, pensando en Tanis, me puse a bailar loca de alegría.

Mientras seguía escuchando la música, decidí ordenar el equipaje que el día anterior habíamos dejado esparcido por la habitación. Saqué de la bolsa un par de camisas que había traído de repuesto para colgarlas en la percha, doblé primorosamente mi camisón y mi ropa interior, coloqué en el respaldo de la silla la cazadora de ante, ordené los papeles que sobresalían de la libreta de Tanis y cogí la guitarra para cerrar la funda que estaba medio abierta. Al inclinarla se cayeron al suelo una púa y un par de cejillas. Abrí una de las cremalleras para meterlas en el compartimento y me encontré un sobre abierto con un sello y dentro una tarjeta postal de un cuadro de Matisse.

Iba dirigida a Carmela Rubio.

Se me paró el corazón. Enseguida pensé que era horrendo mirar su correspondencia, y además me di cuenta de que, por mi propio bien, era mejor no leerla. Cerré torpemente la cremallera y dejé la guitarra tirada en el suelo como si me quemara las manos. Interrumpí la música, me senté en la cama y solo tardé unos instantes en decidir que no podía cerrar los ojos y debía enfrentarme a la verdad. Recuperé el sobre y saqué la postal que Tanis había llenado con su diminuta letra.

Mi adorada Carmela:

No tuve el valor suficiente para despedirme de ti, pero cuando regrese te explicaré todo lo que quieras. No soporto que te dure tanto un disgusto, amor mío, y mucho menos que estés sufriendo por mí. Comprendo tus reproches, pero pido una vez más que seas paciente y me perdones. Mi amor y mi vida son tuyos. Por más lejos que vaya siempre pienso en ti. No escuches a quienes tratan de envenenarte el corazón. Sabes que eres mi mujercita adorada y que algún día estaremos juntos y nadie podrá separarnos, pero dame otra tregua, espera un poco más de tiempo para que llegue a ser el hombre que mereces. Lucharé por serlo. Tienes que creerme. Te amo, mujer mía. No me dejes. Te juro que volveremos a ser felices. Nadie podrá quererte tanto como yo. Pronto estaremos juntos para siempre. Beso cada rincón de tu cuerpo,

Tanis

El impacto fue brutal. No daba crédito a lo que estaba leyendo. Jadeaba, se me aceleró el pulso, respiraba con dificultad, me puse la mano en el pecho, sentía que algo me ardía por dentro y, a pesar de las ganas de llorar, fui incapaz de soltar una lágrima. Nunca le había oído pedir perdón ni hablar con esa ternura. ¿Qué sentido tenía estar conmigo si Carmela era su «mujercita adorada»? ¡Hombres insaciables! Supongo que yo hubiera asumido cualquier relación puramente sexual, pero no podía soportar que me engañase de ese modo, convenciéndome de que era su mujer árabe, la única con la que realmente quería vivir. Claro, qué simpleza, cómo no lo había comprendido antes. Era el dueño y señor de un harén en el que yo, aunque le pertenecía, no era la favorita. ¿Por qué me había enamorado de un hombre así?

Miré la postal que aún tenía en la mano intentando averiguar dónde la había comprado y cuándo la escribió. En este viaje era imposible, pues no se había separado de mí ni un solo instante. De pronto, recordé vagamente haberle oído nombrar a Matisse en Córcega; si el pintor estuvo en Córcega, quizá la comprase allí. O tal vez fue en Argelia. Lo cierto es que tuvimos una conversación sobre Matisse, pero no supe en qué lugar ni en qué momento. Pudo haber comprado la postal en cualquier sitio, en París, y escribirla ahora, en un descuido, mientras yo dormía. O tal vez por algún motivo no quiso enviársela y llevaba un tiempo olvidada en la funda de la guitarra. No encontré ninguna fecha. ¿Por qué perdía el tiempo simulando que me amaba si todo era mentira?

Nunca me había querido.

Lo mío había sido una entrega absoluta y no concebía que él no sintiera lo mismo, al menos cuando estábamos en la cama. Había puesto tanto empeño en retomar la relación y ahora él volvía a arruinarla. Se me pasó por la cabeza, solo un instante, que lo de Carmela fuera mentira y a quien quería realmente era a mí. Pero no, no era así... ¡Qué crueldad! Era una insensata, una imbécil, una ingenua...

Pasé horas dándole vueltas y solo al oír ruido en la escalera se detuvieron mis pensamientos. Me vi con la postal en la mano y la guitarra en el suelo. Me apresuré a guardarla dentro del sobre y esconderla en su compartimento. Apagué la luz, me quité la ropa, me acosté en la cama para hacerme la dormida, para que no notase mi agitación. Aunque estaba obligada a pasar la noche en esa maldita casa, me consolaba saber que regresaríamos a Madrid en unas horas. Tenía que disimular durante el tiempo que me quedaba para no levantar la mínima sospecha de que había husmeado en sus cosas. Por nada del mundo debía enterarse de que había leído la carta, porque me mataría. Con un poco de suerte, creería que estaba dormida.

Logré permanecer inmóvil mientras oía las risotadas de Anita y los patosos balbuceos de Tanis. Parecían muy borrachos. Escuché los pasos hacia la cocina, el ruido de los vasos y los brindis. Recé por que cayese como un fardo y no se despertase hasta que tuviésemos que ir al aeropuerto. Pero no fue así.

—¡Murielitaaaaa! —gritó desde la cocina—. Ya hemos vuelto. Estamos aquí. Levántate y ven a tomarte un vino.

No respondí, pero Tanis insistía.

—Muriel, ven a la cocina, que Anita quiere brindar contigo.

Seguí sin darme por enterada, hasta que entraron los dos en la habitación con tres copas y una botella de vino.

—Venga, linda, ya tendrás tiempo de dormir —dijo Anita zarandeándome.

No tuve más remedio que hacer como que me desperezaba y mostrarme desorientada y aturdida.

—¿Qué pasa?

—Vamos, ¡vístete! —ordenó Tanis destapándome.

No podía montar un número delante de Anita. Tuve

que hacer de tripas corazón y ponerme una camisa de Tanis que me llegaba a la rodilla.

—Ya veo que habéis tenido una buena cena —acerté a decir.

—Sí, querida, tenemos tanto que recordar, tanto que compartir y tanto que celebrar, que cada vez que nos encontramos nos damos una gran fiesta —respondió Anita con complicidad.

Di un sorbo a la copa de vino que me ofreció ella y decidí que quizá lo mejor sería emborracharme, hacer como que no sabía, lavarme el cerebro durante unas horas, convencer al cretino de que era su esclava, otra vez, su mujer árabe, su fiel cautiva y, aunque la sola idea de pensarlo me asqueaba, me entregué a la que iba a ser mi última noche de amor con él. Dicen que la venganza del débil siempre es más feroz.

Acabamos tirados por el suelo escuchando las canciones tristes de Damia, ya un poco perdidos con tanto vino, la cabeza de Anita apoyada en el regazo de Tanis y la mía entre sus piernas, apretada sobre su vientre y fumando los tres una suerte de porro explosivo que habían hecho con los restos de hierba seca que quedaba en un tarro idéntico al de las galletas.

—Siempre me da hambre. Me comería un marmitako ahora mismo —comentó Anita—. Voy a buscar algo a la cocina.

Tiró lo que quedaba y se levantó dando tumbos, momento que Tanis aprovechó para meterme mano y arrastrarme hasta la cama. Apenas opuse resistencia. Me dejé desnudar y manosear por última vez, qué más daba.

—¿Queréis un poco de brie con crackers? —oímos desde la cocina.

Cuando él me estaba penetrando apareció Anita con un trozo de queso y unas galletas.

—Pero ¡bueno! ¡Sois unos cerdos egoístas, aquí se comparte todo!

—Ven aquí, mi gorda linda, te hacemos un sitio —dijo Tanis interrumpiendo el acto.

Cuando me di cuenta de que se apartaba a un lado, mientras Anita se iba quedando en cueros, salté de la cama como una rana y di un grito aterrador.

—¡Noooooo!

—Pero ¿qué le pasa a tu amiguita? ¿Es una estrecha? —dijo Anita ya desnuda dispuesta a meterse en la cama.

—¡Estáis locos! —chillé—. ¡Estáis locos!

Y ahora sí, me entró una llantina histérica, me cubrí con la sábana, salí precipitadamente de la habitación y me encerré en el cuarto de baño, sin que Tanis pudiera impedirlo. Mi reacción, al parecer, le impactó.

—Lo siento, Muriel, lo siento —se disculpaba al otro lado de la puerta.

—¡Eres un cerdo asqueroso! —gritaba yo con la voz entrecortada por el hipo.

—Ábreme. —Comenzó a aporrear la puerta—. Ya te he dicho que lo siento. No es para ponerse así.

—¡Te odio, te odio, te odioooooo!

La escena se prolongó durante un largo rato, hasta que Tanis volvió a la habitación, se disculpó con Anita y le dijo que, por favor, nos dejara solos.

Pasaron un par de horas hasta que empezó a clarear y entonces decidí salir del baño más calmada, recogí mis cosas, me vestí y me senté en un sillón a esperar la hora de partir. Tanis tampoco había dormido, se metió en el baño y, tras una ducha, apareció relimpio, repeinado y con el pelo húmedo, aunque seguía con mala cara.

—Tuvimos un mal trago, Muriel, eso es todo. No le des más importancia.

Yo seguía con la mirada perdida, mientras Tanis se excusaba intentando quitar importancia al asunto.

Lo repitió varias veces hasta que llegó la hora. Anita trató de ser educada, pero me fui de aquella casa sin despedirme de ella ni pronunciar palabra. Nos deseó buen viaje, dio un beso a Tanis y cerró la puerta.

Los buenos deseos de Anita, como era de esperar, no se cumplieron. El viaje fue el más infernalmente silencioso de todos los que he hecho en mi vida. Al llegar a Madrid, una vez más, nos separamos sin decir ni siquiera adiós. Esta vez sí, con el firme propósito de que fuera para siempre. Él nunca supo la causa de mi saturación.

26

Deposité las fotos en el periódico y pedí que me hicieran el favor de revelarlas porque me encontraba mal, tenía fiebre y necesitaba meterme en la cama. Era mentira, pero pensé alejarme de la redacción durante un tiempo para no toparme con él ni tampoco con la pobre Carmela, la otra víctima que no tenía culpa de nada. Lo primero que hice recién llegada fue telefonear a Bashir.

—Estaba pendiente de tu llamada, Muriel. ¿Quieres que cenemos juntos?

—Vale, pero preferiría verte antes.

—Claro, ven cuando quieras, aquí estaré.

Según colgué, fui al cuarto de baño, cogí el jabón de piezas multicolores, lo envolví en papel higiénico y lo tiré al cubo de la basura. No soportaba más aquel aroma intenso que me traía nefastos recuerdos. Me duché, me lavé la cabeza con un champú que olía a lavanda, me sequé el pelo, busqué en el armario un huipil —mi vestido mexicano bordado con motivos de colores y mangas abullonadas—, me hice una hermosa trenza y me puse unos grandes pendientes de aro. Me sentía limpia y perfumada, como si hubiera logrado borrar las huellas de la noche anterior. Estaba derrotada, pero, como tantas otras veces, dispuesta a renacer de mis cenizas.

Necesitaba desahogarme y salí a la carrera hacia la casa de mi amigo. Cuando Bashir abrió la puerta, me recibió con dos sonoros besos y un abrazo.

—*Ahlan wa sahlan!* ¡Bienvenida!

Me hizo pasar y me indicó que me sentase en uno de los cómodos sillones de rayas multicolores del cuarto de estar. Antes de que me diera tiempo a pedir nada, ya tenía una bebida refrescante con hielo y limón. Todo me impulsaba a confiar en él y, sin pensarlo ni un instante, empecé a contarle mis desventuras amorosas.

—Ha sido un viaje dramático, Bashir. Me arrepiento profundamente de haber ido —solté a bocajarro.

—No debes arrepentirte porque no tenías alternativa. Si no hubieras ido, te habrías quedado con la duda. Y eso a veces es aún más amargo.

—Puede ser. Desde luego en este viaje he redescubierto lo peor de Tanis. Me he sentido manipulada y humillada. Vuelvo destrozada. Ha sido horrible, me avergüenzo de mí misma.

—Te lo repito: ni debes arrepentirte ni debes avergonzarte. Esos sentimientos tendrían que estar excluidos de las relaciones amorosas.

—Él no me quiere.

—En el amor también hay lágrimas. Se te pasará, Muriel, ya verás como dentro de un tiempo volveréis a ser amigos.

—Lo veo imposible. Ya lo vi imposible otras veces, es verdad, pero es que ahora ni siquiera me atrevo a contarte lo que me ha hecho.

—Ya será menos, Muriel. ¡Suéltalo!

—Eres su amigo y le disculparás. Quizá hasta te enfades conmigo.

—Es imposible que me enfade contigo, el hilo rojo no me lo permitiría. Sería como tirar piedras contra mi propio tejado.

Me reconfortaba la compañía de Bashir, siempre solícito, afectuoso y dispuesto a resolverme cualquier problema. Me preocupaba el hecho de sentirme tan bien, cuando apenas hacía unas horas que había pasado la experiencia más humillante de mi vida. ¿Por qué pensaba con tanta insistencia en la humillación? ¿Era un problema de niña timorata, estrecha y burguesa, como dijo Anita? Creía sinceramente que no. Me atormentaban los celos, la idea de que con Carmela se hubiera comportado mejor. Acababa de leer de su puño y letra sus intenciones hacia ella, cuánto la quería, lo que estaba dispuesto a cambiar para merecerla. Me hubiera gustado tanto que tuviera conmigo una mínima parte de esos desvelos y, lejos de eso, quiso compartirme sexualmente con otra mujer a la que acababa de conocer, Anita, que había sido su amante y a la que había demostrado querer más que a mí. Tenía que ordenar mis pensamientos, limpiar mi cabeza para sacar provecho de las buenas vibraciones de Bashir.

—¿Tienes aún ese ron tan rico que te regalaron? —le pedí muy resuelta.

—Todavía queda. Y si se acaba, daré orden a los cubanos para que nos envíen un cargamento inmediatamente.

Llegué a contarle los pequeños detalles, incluso los más escabrosos, cosas que nunca me atreví a contar a nadie más. El sentimiento contradictorio que me provocó el encuentro con Yupanqui, el contenido de la postal de Carmela, la desconsideración de Anita hacia mí, su intento de meterse en mi cama y el violento desenlace final. Fue un alivio descargar mi basura mental en un hombre que me escuchaba como nadie me había escuchado jamás. A medida que lo contaba me iba encontrando más liviana. Era la única persona con quien traicionaba el compromiso con Tanis de guardar en secreto su amor. Me estaba quitando de encima la carga opresiva de mi escabrosa relación con él, de la que siempre me había sentido responsable por caer en sus maleficios una y otra vez, tantas como viajes hice a su lado.

Bashir escuchaba en silencio, con suma atención, como si fuera la cosa más interesante de este mundo, y de vez en cuando asentía, mientras rellenaba discretamente la copa de ron con hielo que yo me apresuraba a vaciar. Fue él quien dio el tirón para sacarme del agujero en el que estaba metida. Intentaba convencerme de que todo lo que se hace por amor está permitido, excepto la mezquindad; que la mayoría de la gente se engaña cuando habla de sus experiencias amorosas; sobre todo los hombres, que presumen de conquistas sexuales pero son muy pudorosos a la hora de confesar sus afectos y aparentan dar menos importancia al amor de lo que en verdad tiene en sus vidas, porque en eso tampoco están a la altura de las mujeres. Bashir decía que la falta de generosidad debilita y deja remordimientos, sin embargo, el que se entrega profunda y apasionadamente se hace más fuerte.

No podía imaginar que unas cuantas palabras apacibles pudiesen lograr el efecto mágico de poner punto final a una obsesión enfermiza que arrastraba desde hacía tanto tiempo, pero era exactamente lo que sentía en esos momentos. De igual modo él se dio cuenta de que me había relajado y empezaba a recuperar la calma. Sin duda, no era solo por el apoyo de Bashir, también hizo su efecto el brebaje delicioso que enviaba expresamente el comandante Castro desde el paraíso caribeño. Todo aquello fue decisivo para que esa misma noche me entregase en cuerpo y alma a Bashir. Y pensé que iba a ser la señal definitiva para cerrar un capítulo amargo de mi vida.

Era el tercer viaje que terminaba mal, la tercera vez que fracasaba. Me repetía insistentemente que a la tercera va la vencida.

27

Cuatro décadas después, aún me estremece recordarlo. Entonces tenía pocos años y no sabía lo mucho que aquel hombre me haría sufrir. Intenté huir de él en numerosas ocasiones, pero, irremediablemente, yo volvía y volvía, aunque sabía que cada aventura suponía otra derrota. Tanis era una de esas personas imborrables que se instalan para siempre en tu corazón. Se quedó con una parte de mí, pero cada vez que pretendía atraparle se escurría como un pez entre las manos. Intentaba ocultar la historia a mi hijo, que seguía observándome a través del objetivo de la cámara. Mi gran preocupación era que mi pasado no alterase el respeto que él me tenía. Ante la imposibilidad de dar explicaciones, sería mejor evitarlas. No podría entender cómo era yo, antes de que él existiera. Solo quería que Malik recordase los primeros años de su infancia, cuando la casa estaba llena de alegría. Claro que hubo problemas, como en todas las casas, pero no por eso dejamos de hacer fiestas y canturrear y reírnos todo el tiempo. Mi obsesión era crear una familia feliz y borrar cualquier vestigio de tristeza. No compartí con nadie mis recuerdos anteriores, excepto con Bashir, que se convirtió en mi paño de lágrimas, el hombre que todo lo comprendía, la única persona que no me juzgaba. Por eso me refugié en él tras mi aciago viaje a París.

28

El trabajo está siendo más difícil de lo que pensaba. Mi madre apenas menciona el nombre de Tanis y los demás se refieren a él con demasiada veneración. Hablan mucho, pero tengo la sensación de que también mienten mucho. Me quedan cuatro semanas escasas para terminar el vídeo y no sé cómo ordenar tanto material inútil. Me han contado demasiadas cosas admirables que me parecen excesivamente fantasiosas. Unos lo describen como un hombre de gran talento, sensible, generoso, desprendido, solidario..., y otros le critican severamente aunque siempre en voz baja y sin dar la cara. Es verdad que nadie se atreve a denigrarle en público. Murmuran, insinúan, plantean interrogantes... pero me han dado las suficientes pistas como para hacerme una idea sobre la clase de persona que fue. Comprendo que no se puede conocer de verdad a nadie a través de testimonios tardíos e interesados de quienes le conocieron. Lo cierto es que Tanis abandonó este mundo dejando tras de sí una estela de agraviados, víctimas de su vanidad y de sus excesos amatorios. Las mujeres a las que Pedro llamaba «sus viudas» fueron su ruina, según la versión que me han dado un par de testigos. Se lo contaría todo a mi madre si tuviera el valor de sincerarse, pero la veo incapaz de hablar de este asunto sin dramas ni lloriqueos. Jamás podrá prescindir de sus pudores conmigo.

En realidad, me resulta desconcertante indagar tanto sobre un personaje que me importa poco. Desde el principio, sin embargo, tuve la intuición de que al conocer la verdadera historia de Tanis, acabaría sabiendo algo esencial sobre mi propia vida. Tal vez lo que mi madre se ha empeñado en ocultarme y lo que mi padre jamás me pudo contar.

Vuelvo a escuchar la grabación con el testimonio de Pedro Vidal, el personaje que en la foto asoma la cabeza detrás de mi madre y la protege cariñosamente con sus brazos. Da la impresión de que había algo intenso entre los dos, pero supongo que nunca lo admitirán. Dicen que Pedro, además de crítico de arte y coleccionista, fue espía. Claro que en esa época hasta los más tibios tenían manía persecutoria, veían soplones por todas partes y creían que la policía franquista no tenía otra cosa que hacer que vigilar sus pasos.

Qué fatiga me produce escuchar una y otra vez las supuestas penalidades que vivieron bajo la dictadura. Supongo que unos cuantos lo pasaron mal, pero el resto... El resto, no. Eran unos privilegiados, niños pijos de buena familia que se dedicaban a tomar vinos en el bar de la facultad y en ocasiones echaban una carrerita delante de los «grises». Cuando los detenían no les tocaban un pelo. Quizá se llevaran algún guantazo que otro, pero enseguida les sacaban de los calabozos, porque siempre había un familiar o alguna persona influyente que intercedía por ellos.

Pedro Vidal me contó que una vez detuvieron a Tanis

después de un encierro en la facultad. Había sacado fotos de la protesta y los de la Secreta le quitaron la cámara y se lo llevaron esposado a los calabozos de la Puerta del Sol, pero como él conocía a un tal Yagüe, que era el jefe de la Policía Política, le llamó y le pidió que lo soltase. En pocas horas lo pusieron en la calle y salió de allí como un héroe. Quiero dejar constancia de que son apreciaciones mías, porque Pedro no ha dicho una palabra de más, ha sido muy prudente y ha puesto todo el interés del mundo en mantener bien alto el pabellón de la leyenda. La versión de Pedro es que Tanis era un genio; mi madre, una diosa; mi padre, un valiente; Carmela, una mártir... y su sagrado periódico, el gran baluarte de la libertad de expresión. Y así, hable de quien hable. Para él, fueron todos como Hemingway en *Por quién doblan las campanas,* o como Humphrey Bogart en *Casablanca.* Supongo que mi madre hacía el papel de Ingrid Bergman.

Si llego a saber que tenía que tragarme tantas patrañas, no habría aceptado el encargo. ¿Por qué lo hice? No solo por dinero. Pensé, erróneamente, que era un trabajo fácil y además, por qué no decirlo, tenía curiosidad por saber de primera mano qué había de cierto en las historias que cuentan de aquella época. Al menos, me lo pagarán bien.

Repito que el mejor informado era Pedro Vidal, la persona que se relacionaba con todos y que sale a relucir en cualquier conversación.

Una tarde me cité con él en el café Gijón para que me contase lo que sabía del viaje de mis padres a Argel. Como a mi madre le encantaba reinventarse las historias, quizá los personajes que aparecían en la foto en torno a Arafat ni siquiera fueran los que ella decía. De ser cierto que estuvieron juntos durante toda su estancia en Argelia, me intrigaba por qué no había quedado ni rastro de la presencia de mi padre.

Pedro me dijo que el Gijón le traía buenos recuerdos, porque en aquellos tiempos era la prolongación del periódico, el cuartel general donde charlaban, bebían, recibían a la gente, citaban a sus informantes y entrevistaban a los elegidos. Se pasaban por allí varias veces al día. No solo era su punto de encuentro, el lugar de tertulia y reunión, también recibían llamadas e incluso le pedían dinero prestado al cerillero, el legendario Alfonso, un personaje que aparece en toda la bibliografía de referencia y de quien los parroquianos mayores de cincuenta años cuentan que era más que su amigo, su confidente: les regalaba pitillos, les fiaba el décimo de lotería y les guardaba la correspondencia. Por lo visto, era muy generoso y les prestaba «a cuenta» cantidades ingentes de dinero que nadie sabía de dónde sacaba. Se supone que procedía de la venta de la lotería, según dicen los más cercanos. El caso es que Alfonso fue el más emblemático de los clásicos y en vida le dedicaron una placa con una leyenda:

AQUÍ VENDIÓ TABACO
Y VIO PASAR LA VIDA
ALFONSO,
CERILLERO Y ANARQUISTA.
SUS AMIGOS DEL CAFÉ GIJÓN

Y la colocaron al lado de la puerta de la entrada, donde él guardaba sus pertenencias.

Mi madre debía de ser de las pocas que no tenía tanto aprecio por Alfonso, porque, según me contó, no era muy amable con las mujeres. Apenas les dirigía la palabra. Era un tipo silencioso, pero compadreaba mucho con los hombres ilustres y, sin embargo, a las pocas mujeres notables que aparecían por el café las dividía en dos grupos: a las jóvenes las miraba con pena y les sugería que se largasen pronto de allí, para no malearse antes de tiempo; y las viejas no le gustaban porque, entre los hombres y el alcohol, según él, se habían echado a perder. Las pintoras como Maruja Mallo, que era un genial esperpento no le caían demasiado bien. Solo de tres escritoras —Ana María Matute, Josefina Aldecoa y Carmiña Martín Gaite— le oyó hablar con cierto respeto. Pero a quien tenía en alta consideración era a las parejas de las dos últimas, Ignacio Aldecoa y Rafael Sánchez Ferlosio. Del de la Matute, al que su ex-mujer llamaba el Malo, nunca le habló.

Las demás clientas del Gijón, según su clasificación, eran jóvenes ingenuas, poetas insensatas, actrices advenedizas, simples busconas o aventureras, como Eugenia Serrano y Graciela, cada cual en su estilo. La Serrano era una audaz reportera de la prensa del Movimiento, que presumía de haberse tirado a todo hombre viviente y de haber sido enviada especial en la guerra de Vietnam, detalle este último que a mi madre le daba mucha envidia. El cerillero decía que la Serrano, más que una mujer, era una marimacho capaz de devorar al tiempo a tres guerrilleros del Vietcong sin necesidad de usar armas de fuego. Y de la otra, Graciela, aseguraba que se hacía pasar por hija de un ministro republicano y amante de Pablo Neruda. Me contó que le tenía miedo porque con un par de copas se ponía muy violenta. Una vez que estaba más borracha de lo habitual, Graciela la emprendió contra mi madre y dirigiéndose a ella le gritó: «Pero ¿tú quién te crees que eres?, ¿Simone de Beauvoir? ¡Será gilipollas la niñata esta, que va de frígida y es más puta que yo!».

Se enteró todo el mundo, porque se hizo un silencio sepulcral. Dicen que mi madre se quedó petrificada delante de ella, mirándola fijamente, sin decir una sola palabra, hasta que se levantó de la mesa de los poetas Eladio Cabañero, del que todos cuentan que era un buen hombre, y le echó una cariñosa bronca a Graciela: «No se puede tener tan mal vino. Deja a la niña en paz, que es muy buena gente y, además, es amiga mía». Y se fue a la calle con ella.

Aunque nadie le dio demasiada importancia, porque incidentes con Graciela sucedían todos los días, mi madre, muerta de vergüenza, estuvo varias semanas sin aparecer por el café.

Pedro y Tanis también eran asiduos visitantes del Gijón, aunque no pertenecían a ningún grupo en concreto, sino que iban de mesa en mesa según sus conveniencias. Como Pedro era coleccionista y crítico de arte, tenía muchos amigos pintores y le presentó a Tanis a Manuel Viola, Pepe Díaz, Tino Grandío, Quirós, Barjola, Fajardo, Cristino Mallo (hermano de Maruja), y muchos más. También frecuentaban a los cineastas como Basilio Martín Patino y Antón Eceiza; el último pertenecía a la extrema izquierda más comprometida. Tomé nota de una lista interminable de nombres, desconocidos para mí, que no reproduzco porque seguro que no hicieron nada más relevante que sus charlas de café.

Por fin apareció Pedro con su sonrisa impostada y su indumentaria de funcionario atildado, y llegó a mi mesa señalando la placa de Alfonso, dispuesto a relatarme su fascinante anecdotario particular del café Gijón, porque sin duda desconocía que yo lo llevaba bien aprendido de las conversaciones con algunos testigos y protagonistas, como mi madre, y, sobre todo, de las sucesivas consultas en Wikipedia.

No logré impedir que me contase, una vez más, lo que ya sabía. Pasó un buen rato hasta que encontré el momento de preguntarle una de las cosas que más me interesaban: por qué los de su generación le llamaban «el confidente».

—Pedro, ¿trabajaste para algún servicio de inteligencia? —le solté a bocajarro en medio de su aburrida disertación histórica.

—No, qué tontería —me respondió sin inmutarse, como si estuviera habituado a la pregunta—. Parece mentira que a estas alturas de mi vida siga arrastrando ese baldón. No sé si tu madre te habrá dicho algo, pero te voy a confesar ahora mismo el origen de la infamia, porque, en última instancia, el responsable fui yo. Es más, también te contaré por qué Graciela odiaba a tu madre y le montaba esos números para ridiculizarla delante de todo el mundo.

Inició el relato, tras la breve interrupción del camarero para preguntarnos qué queríamos tomar. Eran las cinco y media, una hora tardía para el café y temprana para el alcohol, así que Pedro pidió un descafeinado.

—Como me tome un café a partir de las tres, es que ya no pego ojo.

Yo me animé con un gin-tonic suavecito. El Gijón estaba en plena decadencia, medio vacío y con unos cuantos clientes desconocidos, porque atravesaba una de sus malas rachas. Tal vez, la peor de su historia.

—Se tuvieron que meter en pleitos —me informó Pedro— para lograr que fuese declarado bien de interés cultural. Pero, de todos modos, el Gijón hace años que dejó de ser lo que era. Menos mal que los del Ayuntamiento han terminado por renovarles la licencia de explotación de la terraza, porque, de lo contrario, no hubieran podido mantener el negocio abierto.

Pedro me habló de las épocas de mayor esplendor que ni siquiera él conoció, como la previa a la guerra civil, cuando lo visitaban maestros como Vicente Escudero, poetas como Federico García Lorca, toreros como Ignacio Sánchez Mejías y bailaoras de lo más grande, como la Argentinita, que además era la amante del torero. Tales divinidades maquinaron en el café *El amor brujo* de Manuel de Falla. Me señaló desde la nuestra la mesa donde se reunieron. Le dije que era todo muy interesante, pero me veía obligado a interrumpirle otra vez para que no se perdiera en la noche de los tiempos. Lo que quería saber era la verdadera razón por la que Graciela odiaba a mi madre y si era cierto que él, como me contaron, había sido un miserable confidente de los servicios secretos franquistas. Naturalmente, hice un esfuerzo para preguntárselo con más delicadeza.

Respecto a lo último, me contó que la culpa de esa maledicencia la tuvo mi madre o, más bien, su venganza después de la desafortunada broma de mal gusto que Pedro le gastó.

Volvió a repetirme la historia que ya sabía de que mi madre estaba todavía en la Facultad de Filosofía y Letras cuando se le ocurrió la idea de hacer fotos para la galería de arte donde había expuesto recientemente un amigo pintor, y así ganarse un dinero y prescindir por completo de la tutela de sus padres. Le entusiasmaba la fotografía y era una joven audaz, así que pronto logró su propósito. Allí se la encontró, me reiteró, el día que llevó sus cuadros para una tasación. Enseguida quiso hacerse amigo de la fotógrafa, con poco éxito, porque mi madre en aquel momento estaba abducida por un compañero de clase, cuyo nombre no recordaba, a pesar de que llegó a ser un personaje conocido. Esta vez, Pedro Vidal añadió algún detalle novedoso.

Me confesó que estaba de lo más solícito con ella, se hacía el encontradizo en la galería, se ofrecía a llevarla en coche, le regalaba libros de arte, le encargaba trabajos bien remunerados, pero no lograba llamar su atención.

—No sabes lo irresistible que era tu madre —repetía una y otra vez con la mirada turbia.

En ese preciso instante, me hubiera gustado vaciarle mi copa en la calva, pero me reprimí y le dejé continuar con la historia.

Un buen día, cuando supo más de sus inclinaciones ideológicas, buscó el momento propicio para insinuarle que estaba dispuesto a financiar desinteresadamente alguna de las organizaciones antifranquistas que proliferaban en la universidad. Acertó de pleno. Mi madre vio el cielo abierto, pues colaboraba por aquel entonces junto a su misterioso compañero con un pequeño grupúsculo de izquierda y pensó que se marcaría un tanto importante si lograba dinero para la causa. Llegó la hora de concretar la operación y se fueron juntos a la cafetería Manila, que estaba muy cerca de la galería de arte. Para desquitarse de su anterior desdén, Pedro la sometió a un amplio interrogatorio sobre las actividades clandestinas de su grupo, y la tonta de mi madre le aclaró todas sus dudas respecto a los lugares de reunión, el número de personas que asistían, las multicopistas que utilizaban, dónde ocultaban el material, cómo distribuían los panfletos y cuánto necesitaban para su mantenimiento. Mi madre le contó que casualmente tenían una urgencia porque había que pagar la fianza de uno de los compañeros detenidos, para que no se lo llevasen a la cárcel de Carabanchel, que era donde encerraban a los preventivos.

«No te preocupes. Eso está hecho —dispuso Pedro—. ¿Te arreglas con estas treinta mil pesetas?». Y sacó un grueso fajo de billetes del bolsillo ante el estupor de mi madre, a quien le parecía imposible conseguir semejante cantidad de un plumazo. Fue rápida. Cogió el fajo con disimulo y se lo metió discretamente en el bolso. Acto seguido a Pedro se le ocurrió una brillante gracia de la que se arrepintió toda la vida.

«Lo siento, Muriel, tengo que cumplir con mi deber. Es muy doloroso para mí decirte que quedas detenida.» La agarró por el brazo, con la otra mano hizo un amago de mostrarle la placa de policía que supuestamente llevaba oculta en la solapa de la chaqueta y prosiguió: «Me tienes que acompañar a comisaría. Tengo que llevarte a declarar».

Se hizo un silencio inquietante. Mi madre se quedó paralizada durante unos segundos.

«Créeme que estoy destrozado, pero el deber es el deber y me limito a cumplir con la horrible tarea que me han encomendado.»

Mi madre, furiosa, empezó a insultarle llorando de pura rabia, momento en el que Pedro decidió no llevar más lejos la estúpida broma y reírse sin tapujos. Demasiado tarde, debió de entender ella, porque fue Pedro el que acabó suplicando clemencia y perdón. «¡Era una broma, Muriel, te lo juro! ¡Solo una broma! Lo siento, no imaginaba que te pondrías así, ni siquiera pensé que me creerías. ¡Perdóname, te lo suplico! Toma, llévate más dinero para pagar la fianza de tu compañero.»

Cuando a mi madre se le pasó el susto, no dio crédito a semejante majadería y le juró venganza. Pedro debió de pensar que no llegaría a cumplir su amenaza, pero mi madre se dedicó durante mucho tiempo a contarle a todo el mundo que Vidal era un cabrón, un miserable traidor confidente de la policía. Lo peor es que la gente, como en aquella época andaba acojonada y no se fiaba ni de su sombra, la creyó a pies juntillas.

Dejaron de hablarse durante una buena temporada, hasta que Pedro, hartó de la situación, volvió a pedir perdón y, después de numerosas demostraciones de un comportamiento intachable, logró reconciliarse con ella. Pero la mala fama le persiguió toda la vida.

Todavía hay quien piensa que Pedro Vidal era realmente un espía. Algunos de sus antiguos compañeros del periódico juran que es verdad e incluso se molestaron en detallarme su historial. Colaboró primero con su amigo, José Ignacio San Martín (condenado por la intentona golpista del 23-F) en la Organización Contrasubversiva Nacional (OCN) que después derivó en el Servicio Central de Documentación (SECED) del almirante Carrero Blanco. Fue cuando Franco le nombró presidente de Gobierno en el 73, unos meses antes de que ETA le pusiera una bomba y saltase por los aires. San Martín, Cassinello, Manglano y otros personajes que colaboraban con Pedro en *El Hispano* pertenecían a lo que ellos llamaban los servicios de inteligencia. En definitiva, el servicio de espionaje. Le pregunté por ellos y Pedro me confirmó que, en efecto, tenía gran amistad con todos. De modo que, posiblemente, la broma tuviera un fondo de realidad y él fuera uno más de los que trabajaban contra los «subversivos», como mi madre y compañía.

—Dejémoslo estar —insistió Pedro—. Ahora de nada te valdrá lo que yo diga. Y, además, ya da igual.

Respecto a la tirria que Graciela tenía a mi madre, Pedro me contó que fue por culpa de Atahualpa Yupanqui, el cantautor y folclorista argentino.

—Llegó una tarde vestido con su pajarita y su camisa de chorreras al café Gijón y dejó a todos boquiabiertos, porque don Ata, así le llamaban en aquellos tiempos, era una leyenda. Y fue a sentarse en una mesa neutral, quiero decir una en la que no se sentaba ninguno de los grupos habituales, ni los poetas, ni los comunistas, ni los cineastas, ni los pintores. En la mesa de al lado, esa tarde, precisamente, estábamos tu madre, Tanis, algún compañero más del periódico y yo. Pero enseguida se acercó todo el mundo a saludar al cantor argentino y fueron añadiendo sillas en torno a él. La primera que hizo lo imposible por sentarse a su lado fue la famosa Graciela, que empezó a seducirle. Le contó algo de su amigo Pablo Neruda y le susurró cosas al oído que no parecían hacerle una gracia especial. Don Ata, a pesar de que se dejaba querer por Graciela, no le prestaba la suficiente atención, porque se le iban los ojos hacia tu madre. La miraba de soslayo con esa imponente cabeza de indio que tenía.

Pedro se tomó un respiro, dio un pequeño sorbo a su triste descafeinado y continuó su exposición.

—El círculo cada vez se hacía más extenso, porque todos querían verlo de cerca y, si se dejaba, tocarle. De pronto tu madre, harta del espectáculo, se levantó de la mesa con la intención de irse, y Yupanqui, como impulsado por un resorte, se puso de pie y se deshizo de toda su corte de admiradores, incluida Graciela, para salir detrás de Muriel. Desde la mesa, a través de los cristales, observamos que el payador paraba un taxi y tu madre se subía con él. Los vimos irse juntos. El resto fueron especulaciones, pero Graciela, al ver que esa noche había perdido una pieza de caza mayor, empezó a despotricar contra Muriel y a insultarla con una furia inaudita. A partir de aquel momento, se inventó mentiras para desacreditarla, la calumnió y no perdió una sola ocasión de hacerle la vida imposible.

No quería quedarme con la duda. A pesar de lo desagradable que hubiese sido, le pregunté si hubo algo entre mi madre y el indio.

—¿Qué dices, Malik? ¡Estás loco! Tu madre era una veinteañera y Yupanqui un sexagenario. A la mañana siguiente, me contó que no tuvo más remedio que bajarse a mitad de camino, porque él se le insinuó y asqueada de que el viejo, por muy leyenda que fuera, se le echase encima, tuvo que dar un grito y pedir ayuda al taxista para que parase el coche en mitad de la Gran Vía.

—¿Y con Tanis? —le pregunté por sorpresa.

—Con Tanis, ¿qué? —repitió desconcertado.

—¿Qué va a ser, Pedro? Que si hubo algo entre mi madre y Tanis.

—No hubo nada. A lo sumo, un simple coqueteo entre compañeros... —Se quedó pensando—. Si te parece, ya seguiremos charlando otro día.

Con tanto anecdotario se me pasó la tarde sin saber el motivo fundamental de la cita: cómo había sido aquel viaje de mis padres a Argelia, cuando mi madre logró hacer las famosas fotos de Arafat, su primer reportaje para *El Hispano*. Me quedé con la intriga. Insistió en que tenía prisa, se disculpó y se fue.

29

En cuanto llegué a casa de mi madre le pregunté si era cierto que Pedro Vidal había sido confidente, como ella fue contando por ahí. Me confesó que nunca pudo demostrarlo, pero estaba segura de que algo había de cierto, porque el periódico estaba lleno de chivatos y de espías infiltrados. Hasta el año 68 todo parecía estar bajo control, pero a partir del Mayo francés, el primer asesinato de ETA y la agitación política que había en la universidad española, la gran obsesión de Franco —y, sobre todo, del almirante Carrero Blanco— era combatir cualquier conato de rebeldía. Por eso encargó a los militares más jóvenes y mejor preparados, algunos oficiales del Alto Estado Mayor, que organizasen un servicio de información. Envió a uno de ellos, un tal Cassinello, a estudiar en Estados Unidos cómo organizaban la lucha antisubversiva y las operaciones especiales. Estuvo en contacto con agentes de la CIA y volvió a España para aplicar aquí sus métodos junto a Manglano, el amigo de Santiago Soler y de Pedro Vidal. Ninguno había sido enemigo declarado del franquismo, pero estaban convencidos de que el sistema no podía sobrevivir después de la muerte de Franco. Pensaban que, después de la dictadura, la Monarquía era lo mejor para España y lo que más los unía era su pretensión de convertir en rey a don Juan de Borbón. Como Franco había previsto otros planes y los dejó apuntados en su testamento político, a última hora todos se convirtieron en opositores al régimen. De ahí surgió esa rara mezcolanza política que hizo posible la Junta Democrática, donde se codeaban miembros del Opus Dei, del Partido Comunista, del Partido Carlista, democristianos, comunistas, socialdemócratas, nacionalistas andaluces, liberales e incluso jueces progresistas, movimientos vecinales y sindicalistas de Comisiones Obreras. Sus ideologías eran divergentes, pero tenían el objetivo común de establecer las condiciones que facilitasen la transición a la democracia: un gobierno provisional, amnistía para los presos políticos, legalización de los partidos, derecho de huelga, libertad de prensa y estatutos de autonomía.

—Pues toda esa gente —concluyó mi madre, intentando explicarme el contexto del periódico— merodeaba por *El Hispano*, porque la empresa también compartía ese antifranquismo oportunista. Sería una historia muy larga definir la clase de democracia que imaginaba cada uno. En realidad, lo que pretendían era asegurarse un puesto privilegiado en el poder, cualquiera que fuese. Por eso te digo que nunca llegué a fiarme del todo de aquella gente.

—¿Y qué te pasó exactamente con Atahualpa Yupanqui? —aproveché su arrebato de sinceridad—. Me ha contado Pedro que se te echó encima.

—Ya te he dicho que Pedro lo exagera todo. Esa es una anécdota sin importancia. Yo le admiraba mucho y, la verdad, le sigo admirando. Aún guardo todos sus discos de vinilo. Poco después de que él estuviera en Madrid, fui a París a hacerle unas fotos y nos invitó a comer con su mujer en La Coupole. Nunca olvidaré aquella tarde. Fue muy amable conmigo y yo creo que ni se acordaba de que nos conocimos en el café Gijón.

Mi madre nunca olvidaría aquella tarde en París, pero supongo que no por el encuentro con Yupanqui y su mujer, creo más bien que fue por el cuarto comensal, Tanis Arenal, el autor que firmaba la entrevista. Hice un último intento de averiguarlo:

—Háblame de los líos de Tanis.

—¿Y qué quieres que te cuente? —me devolvió la pregunta tratando de disimular su estupor, supongo que inquieta por si alguien se había ido de la lengua.

—Bueno, todo el mundo me cuenta que tenía mucho éxito con las mujeres. Vamos, que era un auténtico conquistador.

—Era atractivo. —Es todo lo que me llegó a reconocer.

—Creo que tú fuiste amiga de varias de sus conquistas.

—Conocí bien a Carmela. Fue una estupenda compañera de trabajo. No se merecía la cantidad de faenas que le hizo.

—¿Y Anita Cruz?

—Solamente nos vimos en aquel viaje a París y en algún viaje relámpago que ella hizo a Madrid. Una mujer extravagante.

¿Por qué la alteran tanto estas confidencias? ¿Teme que la mencione a ella? Pues quizá debiera, pero no lo voy a hacer.

—¿Y a Paloma?

—No demasiado. Era la compañera de piso de Carmela.

—¿Y qué fue de ella?

—No lo sé. Creo que se fue a vivir a Berlín hace muchos años.

—¿Se lio con las tres al mismo tiempo?

—Eso dicen, Malik, pero la gente inventa mucho... Nadie sabe la verdad.

Sospechaba que yo estaba al corriente de lo que había pasado con todas ellas, pero no quería darme más pistas. Noté que respiraba aliviada al comprobar que no había unido su nombre al de las otras. Los dos guardamos nuestros propios secretos. Quizá fuera mejor dejar las cosas como estaban. No quise agobiarla y di por finalizado el interrogatorio. Al despedirme, le recordé que unas horas más tarde iba a grabar lo de Carmela.

—Ah, qué bien. Dale recuerdos de mi parte.

—Lo haré, mamá. Lo haré.

—¿Has cenado?

—Sí, he tomado algo por ahí. Me voy a casa.

—Buenas noches, hijo.

30

El secretario de la Fundación Estanislao Arenal había puesto en antecedentes a Carmela Rubio sobre quién era yo, el hijo de Muriel, y la tarea que tenía encomendada para el día del premio. Tan solo se trataba de que hablase conmigo acerca de Tanis y me permitiera grabar unas palabras para el documental que se proyectaría durante la ceremonia de entrega. No puso la menor objeción, al contrario, dijo que le complacía recordar a Tanis después de tantos años.

Me recibió en su casa, en un luminoso salón atestado de objetos que hablaban por ella. Libros en la biblioteca y esparcidos por el suelo; papeles y torres de carpetas sobre la mesa. En el interior, un jarrón con un aromático ramo de gardenias y un precioso tiesto de porcelana china con un ficus que llegaba hasta el techo. En la terraza, al aire libre, frondosos arbustos, varias macetas de petunias multicolores, azucenas en diversos tonos de malva y un espléndido rosal de flores amarillas. Paredes, repisas, estanterías, pequeñas mesitas atiborradas de recuerdos y, sobre todo, fotografías enmarcadas en las que aparecía ella en distintas etapas de su vida al lado de personajes conocidos, políticos, escritores, cineastas, músicos y, cómo no, varias imágenes en blanco y negro junto a Tanis, ambos exultantemente jóvenes. Parecía algo mayor que mi madre, y daba la impresión de que todavía seguía en activo.

—Sentémonos en aquella zona. Son los sillones más cómodos de la casa —me dijo la anfitriona.

—Claro, pero luego, si no le importa, preferiría grabarle en la terraza para no utilizar focos.

—Ah, sí, hijo, donde quieras. Pero detesto que me llames de usted, de verdad, no lo soporto.

—No hay problema, eres tan joven que me es más fácil tutearte.

—Veo que eres tan seductor como tu padre.

No perdí tan favorable ocasión para abrir fuego.

—¿Conociste a mi padre?

—Claro, era íntimo de Tanis. Fuimos muy buenos amigos hasta que cerraron el periódico. Luego, tu madre y él se fueron a París, y poco después me enteré de que murió en un atentado. Me dejó muy impactada la noticia.

—¿Puedes hablarme de él?

—¿Qué quieres saber?

—Me interesa cualquier cosa que recuerdes.

—Era más o menos de tu edad cuando nos conocimos. Un tipo encantador, culto, inteligente, atractivo, buena persona y, al verte, me he quedado muy impresionada porque físicamente os parecéis bastante. Moreno, pelo rizado, grandes ojos negros y tu misma mirada.

—¿Cómo es mi mirada?

—No sé... Como la de tu padre. Inquisidora, bondadosa, aunque siempre tenía un punto de tristeza o de melancolía. La verdad es que me dejó muy buenos recuerdos. Pero venías a hablar de Tanis, ¿no es cierto?

—Sí, es el trabajo que me han encargado, pero también me gustaría conocer historias de mis padres en aquella época. Saber cómo eran, qué hacían...

—Me temo que te voy a ser de poca ayuda.

—¿Por qué?

—Porque casi siempre la memoria me sorprende. La mía es muy traidora y es probable que haya borrado la parte menos placentera de la realidad. Ten en cuenta que no he vuelto a verlos, ni siquiera a hablar de ellos. Pero antes de seguir charlando, dime, ¿quieres tomar algo?

—Si tienes una tónica, te lo agradezco.

—¿Una tónica? ¿Sola? ¿Sin un chorrito de ginebra?

—Gracias, pero la quiero sola, tengo mucha sed.

—Bueno, yo te traigo la botella de Bombay, un limón y unos cuantos hielos, por si luego te apetece. A mí es que me apetece ya, fíjate.

Carmela parecía encantada con mi visita. Daba la sensación de que, en efecto, tal como me había dicho, le complacía recordar esa época de su vida, por la que probablemente ya nadie más se interesaría.

—Quizá no fue la mejor ni la más feliz, pero sí la más intensa —corroboró.

Por lo que me contaron, estaba enamorada hasta las trancas de Tanis, y tuvo que pasar momentos muy difíciles con semejante rompecorazones. Pero, como le sucede a la mayoría de la gente, cuando le asaltaba la nostalgia intentaba minimizar los episodios más tristes, aunque los tuviera enquistados en el cerebro. Ahora que ya casi tenía todas las piezas del puzle, imaginaba que sus peores recuerdos eran las noches de insomnio preguntándose con quién estaría su hombre; cómo le comunicaron la trágica noticia de su muerte; la llegada del féretro al aeropuerto; las ruinas del periódico sepultando de golpe su pasado; la soledad... ¿Querría realmente olvidarlo? ¿Qué le quedaría si se borraban sus recuerdos?

—¿Te gusta con mucho hielo? —me preguntó Carmela mientras me servía el gin-tonic que no quería.

—Así está bien, por favor, no me eches más ginebra.

—Tienes razón, a estas horas el alcohol hay que empaparlo con algo. Espera, voy a traer unas patatas y unas aceitunas.

Se sentó, al fin, en un sillón frente al mío y, después de tomar un largo trago de su vaso, farfulló:

—Pues la verdad es que así, de pronto, no sé bien qué contarte de Tanis. Ahora que ha pasado tanto tiempo, tengo claro que es el hombre al que más he querido en mi vida. Al principio, cuando murió, fue muy duro. Era como si me faltara el aire. Luego me fui acostumbrando, pero últimamente le vuelvo a echar de menos y noto su ausencia a ráfagas. Creo que nadie le entendió tan bien como yo. Perdona por confiarte esta tontuna. Intentaré recordar algo más útil.

Fue la primera persona que parecía dispuesta a sincerarse conmigo. Tenía que aprovechar la oportunidad para saber algo más de la historia de mis padres.

—No es ninguna tontuna. Ni mucho menos. Es importante saber quiénes han sido las personas decisivas en tu vida. En mi caso diría que mi padre —le dije en un intento por ganar aún más su confianza—, y eso que apenas le conocí.

—¡Es verdad! —exclamó Carmela—. Tu padre se fue a Israel al poco de que tú nacieras.

—A Palestina —puntualicé.

—Bueno, es lo mismo, qué más da.

—No, Carmela, ni es lo mismo ni a mí me da igual. Es una cuestión de legitimidad.

—Ya, tienes sangre Aziz, claro. ¿Conoces Jerusalén?

—No, pero será mi próximo destino.

—Es una ciudad tensa y airada, uno de los lugares más espirituales del mundo.

—¿Espiritual?

—Espiritual o, si lo prefieres, místico. Hay algo en las calles de esa ciudad que te impone, te emociona, te perturba, te conmueve... En definitiva, te produce una agitación interior y te trastorna el alma.

—¿Viste a mi padre en Jerusalén?

—Sí, yo estaba alojada en el King David y fue a verme. Me llevó a tomar una copa al bar del American Colony, el hotel donde me dijo que se hospedaban sus amigos. Estuvimos charlando allí más de una hora.

—¿Qué te contó?

—No lo recuerdo exactamente, pero hablamos sobre la gente del periódico, qué había sido de cada uno... Te lo puedes imaginar, sobre los viejos tiempos.

—¿Dijo algo de nosotros?

—Poca cosa. Yo le pregunté por Muriel, pero me dio la impresión de que le entristecía hablar del tema. Solo me dijo que cuando le reclamó Arafat, tu madre prefirió quedarse contigo en París porque eras muy pequeño y no quería poner tu vida en peligro.

—¿Eso fue todo?

—Más o menos, eso fue lo que hablamos.

—¿Cómo le encontraste?

—Le vi bien, satisfecho y con muchos ánimos. Estaba convencido de que pronto llegarían a un acuerdo y se acabaría el conflicto. ¡Pobre Bashir! Un par de años después le asesinaron... Cambiemos de asunto, no quiero ponerte triste. Hablemos de Tanis, que es el protagonista de tu película.

—Después de todo el material que he reunido, ya me

gustaría a mí que fuera una película, pero me piden que lo deje en un vídeo de quince o veinte minutos para no aburrir a los invitados.

Añadió a su vaso un chorro de ginebra e intentó hacer lo mismo con el mío.

—Demasiado hielo, ¿quieres un poco más de ginebra?

—No, de veras, no quiero beber más.

—No sé por dónde empezar. Tanis tenía enormes virtudes y tres graves defectos: le volvían loco las mujeres, era muy celoso y detestaba ir al cine. A mí el cine me gustaba mucho y por suerte no era demasiado celosa porque, imagínate, en caso contrario me hubiera muerto. Las únicas películas que le gustaron en toda su vida fueron *La batalla de Argel*, *Z* y, a pesar de que detestaba Hollywood, *El padrino.* La primera parte de la trilogía la vimos cuando la estrenaron en un cine de la Gran Vía. No sabes lo que me costó convencerle para que fuéramos juntos. No soportaba permanecer a oscuras durante dos horas encerrado en una sala de cine; otra de sus neuras. No lo reconocía abiertamente, pero no tragaba a los americanos. Pasó por el aro de aprender un inglés muy elemental para desenvolverse cuando viajaba por el mundo. Era un poco supersticioso y muy visceral, pero como tenía mucho talento, sabía cuáles eran sus puntos débiles y luchaba contra lo peor de sí mismo.

—No sé cómo preguntarte...

—Pregunta lo que quieras, Malik.

—Si estabas al tanto de sus infidelidades, ¿por qué le aguantabas?

—Ya te he dicho que le adoraba. Cuando amas tanto a un hombre, no te importan sus defectos. Y si no estás dispuesta a aceptarlos, te quedas sin nada, porque virtudes y defectos vienen unidos. Claro que estaba enterada de todos sus líos, pero sabía que siempre acababa volviendo conmigo y hasta el final mantuve la esperanza de que superaría esa pulsión adolescente que tenía por seducir y conquistar a las mujeres. Estaba segura de que, cuando madurase, viviríamos juntos para siempre. El amor todo lo perdona. Por eso le esperé hasta el último día y, aunque no lo conseguí, no me arrepiento, porque fui muy feliz los años que pasé con él. La pena es que no le pude acompañar en su último viaje.

Tenía una idea bien distinta de Carmela. Me hicieron creer que era una simple, que estaba en la inopia y que su único empeño en la vida era cazar a Tanis, hacerle suyo y llevarse el trofeo que se disputaban todas. Y resulta que no era de esas que buscan a un hombre para que haga lo que no pueden hacer por sí mismas. Había algo en ella que inspiraba confianza. Era la que más sabía y la que más contaba y, sin embargo, no me atrevía a abordar dos misterios sobre los que nadie me había hablado con conocimiento de causa. Quería saber hasta dónde se había implicado Tanis con algunas organizaciones terroristas y si ella creía que fue asesinado, se suicidó o realmente murió de un infarto.

Desde que empecé con este asunto me preguntaba para qué querría saber cosas de más. Qué necesidad tenía de indagar en la vida de un personaje que solo me interesaba para mostrar media docena de imágenes en un documental. No necesito aclarar que, lejos de simpatizar con él, a medida que le conocía me provocaba un rechazo mayor y no sé por qué razón. ¡Maldita curiosidad! A pesar de tantas preguntas y tantas mentiras, me animaba a seguir porque tenía la sensación de que el desenlace de la historia me acercaba cada vez más a mi padre.

—De lo único que me arrepiento es de no haber ido

con él a La Habana. —La voz de Carmela me devolvió a la realidad—. Tanis estaba feliz porque le habían invitado a participar como jurado de un premio literario de la Casa de las Américas. Me pidió que fuera con él. Ya me hubiera gustado, pero solo me salía gratis el hotel; el avión y la estancia me lo tenía que pagar de mi bolsillo o conseguir que me lo financiara el periódico. Ninguna de las dos cosas fue posible, de manera que, como tantas otras veces, no pude acompañarle. Ya ves, me pasé la vida esperándole y, al final, me lo arrebataron.

Dudé mucho de que Tanis quisiera llevarse a Carmela a La Habana, pues según el resto de los testimonios, allí estaba esperándole su querida Anita Cruz, invitada frecuente del Gobierno de Cuba en todos los acontecimientos que daban proyección internacional a la revolución cubana. Por supuesto que la literatura se consideraba una actividad revolucionaria, pero también los congresos científicos, los encuentros feministas y los festivales de cine, música y danza. El caso es que la doctora Anita —así la llamaban aunque apenas ejerció la medicina— era la levadura de todas las salsas, es decir, una especie de promotora o agitadora cultural, buena amiga del intelectual revolucionario Alfredo Guevara, fundador del Instituto Cubano del Arte e Industria Cinematográficos (ICAIC), leal compañero de los hermanos Castro, compadre del bailarín Antonio Gades y, por lo demás, un buen cineasta.

—Estuvo alojado en el Habana Libre y solo sé que volvió en un féretro acompañado de Anita Cruz, que le atendió en los últimos momentos. Nunca quise hablar con ella sobre su muerte, porque es una mujer extraña que siempre está inventando conspiraciones, pero si quieres puedes llamarla para que te cuente algo más. Me dicen que está bien, a pesar de que debe de tener ya muchos años. Era bastante mayor que nosotros.

—¿Por qué todos me habláis de esta mujer?

—Era buena amiga de Tanis, aunque le causó muchos problemas. Siempre estaba huyendo de la policía y, en los momentos políticamente más comprometidos, él la tuvo varias veces escondida en su casa. En más de una ocasión nos enviaba a gente desconocida y teníamos que darles dinero o hacerles algún favor especial, como llevarles a una casa que estaba en la sierra, donde ocultaban panfletos, multicopistas y vete tú a saber si algo más.

—¿A qué te refieres?

—Nunca lo supe con exactitud, siempre hicimos la vista gorda. En fin, en aquel momento te jugabas la vida con esas cosas. Y a mí, francamente, no me hacía la menor gracia.

Cuando Tanis y Carmela se jugaban el tipo escondiendo presuntos activistas en su casa, ETA secuestraba empresarios u organizaba atracos para financiarse. La práctica habitual del tiro en la nuca llegó más tarde. Hasta entonces, solo había matado a dos personas. La primera víctima mortal fue el guardia civil José Pardines, al que disparó un etarra sin premeditación, cuando descubrió que era falsa la matrícula del coche en el que iban él y su colega. Un par de meses después, para el siguiente atentado, sí eligieron fríamente a la víctima: se trataba del policía Melitón Manzanas, jefe de la Brigada Político-Social de San Sebastián, cuyo asesinato justificaron porque tenía fama de torturador.

Después de varios testimonios y muchas conjeturas, hay indicios para suponer que Anita Cruz tuvo algo que ver, de manera directa o indirecta, con el atentado a Carrero Blanco y es posible que Tanis lo sospechara. Probablemente en aquel chalet de la sierra habían construido un zulo, como suponía Carmela. Me dicen que en aquellos tiempos ETA contaba con el apoyo de la mayor parte de la oposición a la dictadura y cuando los terroristas mataban a alguien, la gente desconfiaba de la versión oficial y en el fondo pensaba que la víctima, de algún modo, algo malo habría hecho. Y aunque ahora resulta incomprensible, esa actitud indulgente se prolongó un tiempo. Cuando le trasladé a Carmela mis indagaciones me respondió con una sonrisa.

—Chico, me he dado cuenta de que o tienes más información que yo, o tienes mucha imaginación, pero es probable que estés en lo cierto. La verdad es que en aquella época no existía una especial animadversión hacia ETA, aunque no compartíamos sus métodos violentos. Para nosotros la violencia era una barrera infranqueable. Tanis sentía debilidad por las causas perdidas, pero jamás tuvo un arma en las manos ni colaboró con nadie que la tuviera. En cuanto a lo de la muerte de Carrero, me gustaría que se lo preguntases a la propia Anita Cruz. Yo no soy quién para hablar por ella. Lo que sí te digo es que ella sabe cosas, no solo de aquel espectacular atentado en el que Carrero y su coche volaron por los aires hasta alcanzar la azotea de un convento de jesuitas, sino también del de la cafetería Rolando en el 74. Ese fue una aberración, una auténtica salvajada porque asesinaron a muchos civiles. Te daré otra pista. Anita era muy amiga de la encargada de la biblioteca de la embajada de Cuba. Pues bien, esta mujer, cuyo nombre no recuerdo, fue una de las detenidas después del atentado.

Qué interesante y qué inútil saber tantos secretos imposibles de compartir. Imagino las caras de sorpresa de los invitados si apareciera en el vídeo el testimonio de Carmela hablando de estos asuntos tan delicados en los que es posible que incluso alguno de los espectadores llegase a estar implicado... Les amargaría la fiesta.

—Bueno, Carmela, ¿te parece que salgamos a grabar a la terraza? ¿Estás dispuesta?

—Un momento. No quiero salir con estos pelos de loca. Voy a hacerme un moño y a pintarme un poco.

Mientras esperaba, me acerqué a fisgonear un marco enorme que contenía un *collage* de fotos donde aparecía una joven Carmela en actitud de entrevistar a personajes diversos. Cada una tenía una fecha y un rótulo escritos a mano donde aparecía el nombre de ella: junto a Leonard Cohen en el Festival de la Isla de Wight (1970); con Juan María Bandrés, abogado defensor en el Proceso de Burgos (1970); con Joan Manuel Serrat, el año en que grabó *Mediterráneo* (1971); con el cirujano Christian Barnard durante su conferencia en Madrid (1968); con Paco de Lucía y Ravi Shankar en Televisión Española (1970); en el estreno de *Canciones para después de una guerra* con Basilio M. Patino (1971); entre Antonio Gades y Alfredo Mañas en Oliver (1969); con Julio Cortázar en la Feria del Libro de El Retiro (1974); con el productor Elías Querejeta durante el rodaje de *El espíritu de la colmena* (1973)... Había muchos más, pero no tuve tiempo de verlos con detalle porque reapareció Carmela.

—¿Te gusta? Supongo que la mayoría de los personajes no te sonarán de nada, pero tienen un significado muy especial para mí. Este mural contiene la parte más sólida de mis recuerdos. Fueron los años más alegres de mi vida —repitió—. Una parte los pasé en *El Hispano* con Tanis y, en el plano profesional, nunca me sentí tan pletórica. Me embriagaba el olor a linotipia. Tenía un afán extraordinario por comerme el mundo. Todo me parecía digno de ser escrito. Esta profesión me parecía sublime... y fíjate, apenas queda nada.

—Bueno, te quedan recuerdos para revivirlos cada día —comenté solo para tratar de animarla.

—Así es y, además, me ha permitido cumplir todos mis sueños.

—No te molesto más, Carmela, grabo unas cuantas frases sobre Tanis y te dejo tranquila.

—No me molestas. Estoy preparada. Dame la señal y empiezo.

Mirando a cámara, con un fondo de rosas amarillas, recitó su semblanza protocolaria:

—Tanis fue un reportero arriesgado y valiente. Yo le conocí bien y aprendí mucho a su lado. Me enseñó a escribir, a viajar y a vivir. Sus crónicas eran contundentes y sarcásticas, pero también metafóricas y doloridas. Le gustaba meterse en territorios conflictivos. Hace mucho tiempo que se fue, pero su espíritu soñador siempre estará con nosotros. Y qué decir de Muriel Blanco, el premio de este año, compañera inolvidable de aquellos tiempos heroicos en los que luchamos por la libertad desde *El Hispano*. Se lo merece más que nadie y la felicito con todo mi cariño.

Guardó silencio apenas dos segundos y luego dijo:

—¿Lo repetimos? Creo que le he echado poco entusiasmo.

—No, de verdad, Carmela, ha quedado muy bien.

—Déjame repetirlo.

—Como quieras, pero...

Lo grabamos tres veces más, pero ni aun así quedó satisfecha. Me pidió que se lo pasara cuando estuviera terminado, antes de la fiesta. Se lo prometí y me despedí afectuosamente de ella.

31

Se me acababa el tiempo. Pensé que no merecía la pena grabar más testimonios, excepto el de Anita Cruz, porque esa mujer tenía que ser especial. Y, además, sería extraño que no apareciese en el guion la última persona que vio a Tanis con vida. Me dijeron que estaba enferma y que se había vuelto una gruñona intratable. No obstante, conseguí su dirección de correo electrónico y le escribí un *email* muy meditado:

Estimada Ana:

Soy Malik Aziz, quizá mi apellido le resulte familiar. Sí, soy hijo de Bashir Aziz, el amigo de Tanis. De hecho, le escribo por un asunto relacionado con este último. Trabajo en una productora que realiza documentales para ONG y cadenas de televisión. He dedicado los últimos meses a investigar la vida y la obra de Estanislao Arenal, por encargo de la fundación que lleva su nombre, y en todas las referencias, de un modo u otro, aparece Anita Cruz. Las personas que le conocieron me dicen que fue usted muy importante en su vida. Por eso me atrevo a molestarla, porque creo que su presencia sería muy enriquecedora.

Solo necesito en torno a media hora para grabarle unas palabras sobre lo que, en su opinión, representa el personaje como periodista e intelectual, pero, sobre todo, como ciudadano en un tiempo y un país donde comprometerse, luchar por la democracia y la libertad era muy arriesgado. He dedicado toda mi energía y mi entusiasmo a este proyecto y sería muy importante contar con su testimonio. Y, además, para mí, sería un honor conocerla.

Le agradezco de antemano su atención. Estaré pendiente de sus noticias. Un saludo cordial,

Malik Aziz

Me respondió siete horas después con un lacónico SMS:

Le daré la media hora que me pide el próximo jueves a las 6 de la tarde en el hotel Santo Mauro.

Pasé cuatro días impaciente a la espera de la cita con la mujer que despertaba más recelos. Mientras tanto, fui haciendo labores de montaje y desechando el material sobrante con el que no sabía muy bien qué hacer: si destruirlo, dárselo a mi madre o depositarlo en la Fundación. Enseguida me di cuenta de que a primera opción sería la peor. Teníamos que dar por finalizada esta historia definitivamente, sobre todo ella, para evitar a toda costa que cayera en la melancolía o se dejase invadir por los efectos devastadores de la nostalgia. Fui a visitar a mi madre varios días y me preocupó, porque la encontré taciturna, escuchando canciones de los años setenta, recolocando libros antiguos en la estantería, escaneando sus negativos de *El Hispano* en nuevos archivos, imprimiendo páginas de internet sobre acontecimientos de la época... e incluso vi que había puesto su emblemática foto de Argel como fondo de pantalla de su ordenador.

Nunca pensé que algo tan accidental como es un premio revolucionase hasta tales extremos nuestras vidas. La mía también, porque de tanto darle vueltas al asunto, me obsesioné con la desaparición de mi padre. ¿Por qué se fue? ¿Por qué me abandonó? ¿Por qué nunca quiso saber de mí?

Había llegado el momento de entrevistarme con Anita Cruz. Era jueves, un día inquietante, tormentoso, cargado de electricidad. Crucé el patio del hotel Santo Mauro y, antes de subir la escalinata, se acercó uno de los mozos y me dijo que la doctora Cruz me estaba esperando y me señaló con la mano que, al pasar el vestíbulo, me dirigiese al salón de la izquierda. ¿Cómo sabía que era la persona indicada? Algo le habría dicho sobre mí, pero era extraño porque no llevaba nada que pudiera identificarme y ella nunca me había visto.

La imaginación me había traicionado una vez más. Pensé que Anita Cruz era gruesa, grandullona, estrafalaria, y me encontré con una anciana elegante, de aspecto aristocrático, con una especie de túnica gris que apenas dejaba ver unos pantalones anchos del mismo color, un pañuelo a modo de turbante en la cabeza, un rostro interesante aunque demacrado, y unas manos huesudas repletas de anillos de brillantes. Diría que llevaba joyas antiguas de gran valor. Detesto describirla como una vieja dama, pero era así, y no podría hacerlo de otro modo. Me resultaba imposible sacarla de ese escenario, sofisticado y barroco, recargado de tapices, alfombras y cortinajes de seda, con tetera de plata, tazas de porcelana, servilletas de hilo y pastas de té sobre una mesita baja de caoba, para situarla en La Habana de

Fidel, con uniforme verde oliva, guayabera o cualquiera sabe qué clase de indumentaria. Y menos aún pude imaginarla ocultando armas en un zulo y planeando un atentado. No, no era aquella la mujer de la que tanto me habían hablado.

—Hola, hijo, siéntate.

Su voz sonaba demasiado imponente para salir de un cuerpo tan frágil. Le estreché la mano y me senté frente a ella mientras me examinaba de arriba abajo sin el menor reparo. Parecía sorprendida y llegó a incomodarme.

—Te imaginaba menos joven. Y además me ha impresionado mucho verte. Eres igual que tu padre. Debía de tener tu edad cuando le conocí.

—¿Sí? Yo, sin embargo, creí que era...

—¿Qué creías? ¿Que era más joven? Pues no, soy muy vieja y estoy a un paso de la muerte. Me he informado de quién eres y de lo que pretendes. Hagámoslo. Solo una cuestión previa: no entiendo que un joven como tú se interese por viejas historias que cuentan los viejos como yo.

—¡Por Dios, usted no es una vieja!

—Dejémonos de preámbulos y vayamos al grano. Tengo la columna destrozada y no podré mantenerme mucho tiempo en esta postura. ¿Quieres beber algo? —me preguntó al tiempo que hacía una seña al camarero.

—Un poco de agua, por favor.

Saqué del bolsillo mi pequeña cámara de vídeo, cerré las cortinas que estaban a su espalda y comprobé la luz.

—Estoy dispuesto a grabar cuando usted me lo pida.

—Pues empieza —me ordenó.

Así, tan precipitadamente, yo no sabía por dónde empezar, pero ni siquiera me hizo falta, porque ella tenía muy claro lo que quería contarme y lo hizo con absoluta precisión.

—Tanis era mi mejor amigo y podría decirse que murió en mis brazos. Bueno, para ser más precisa, se desvaneció y entró en un coma irreversible, tras dar un último trago a su ron. Traté de reanimarle mientras llegaba la ambulancia, pero no lo conseguí. Le dejé en el hospital, en cuidados intensivos, y cuando regresé al hotel quise que analizaran los restos del vaso en el que Tanis había bebido, pero lo habían retirado. También desapareció la carpeta donde llevaba sus crónicas y otros documentos confidenciales. Nunca me la devolvieron. Sospeché, desde el primer momento, que había sido asesinado.

—¿Está afirmando que no murió de un infarto? Supongo que conoce a Pedro Vidal; él me dijo que la salud de Tanis era delicada. Creo que esas fueron sus palabras textuales. No sé a qué se refería. ¿Tenía alguna enfermedad?

—Una leve cardiopatía asintomática, en concreto un pequeño defecto en el tabique ventricular que jamás le causó el menor problema. De eso no se muere la gente. Me lo contó porque, como era algo hipocondriaco, le había pedido a un amigo cardiólogo, Héctor López, que le hiciera un electro y unas cuantas pruebas más para saber en qué condiciones estaba su corazón antes de emprender uno de sus viajes. Me dijo que había mejorado notablemente de su lesión. Se fue tranquilo.

Interrumpí la grabación. Era consciente de que no podía mostrar su testimonio en un documental que pretendía ser amable y superficial. Me imaginé, una vez más, a los invitados mirando atónitos a una pantalla donde se denunciaba un asesinato sucedido hacía décadas, como si estuvieran viendo una película de Agatha Christie. Como mucho, podría incluir las dos primeras frases. De nuevo, me dejé arrastrar por la curiosidad y quise ir más lejos.

Decidí en ese momento que iría a ver al cardiólogo para que me dijera qué había de cierto en la insólita versión de esta mujer.

—¿Cree usted que tenía enemigos tan peligrosos como para asesinarlo?

—¡Vaya si los tenía! Creíamos que nuestros enemigos eran solo una banda de estúpidos fanáticos, pero, al final, también resultaron ser peligrosos.

—¿Por qué iban a querer matarlo? —insistí—. Cuando Tanis murió ya no existía la dictadura.

—Quedaban todavía residuos franquistas. La policía y los servicios secretos quedaron intactos durante la Transición. Nadie les tocó un pelo.

—Pero ¿qué interés podían tener en asesinar a esas alturas...?

—Ay, Malik, no tienes ni idea de la cantidad de tropelías que cometieron en esa época confusa. Me temo que hoy no es fácil entender lo que pasó. Venganza. Tenían ansias de venganza. La gente que estaba dispuesta a defender la libertad eran enemigos. A Tanis le tenían ganas, porque estaba comprometido con causas importantes y no solo en España. Como sabrás, no fue al único que liquidaron.

—¿Tiene idea de quién lo hizo?

—Me imagino que comandos antisubversivos o fuerzas parapoliciales. Alguno de aquellos torturadores aún sigue vivo. A Tanis le vigilaron y recibía amenazas, pero nunca supimos quiénes eran y, por desgracia, jamás se sabrá.

Pensé que estaba obsesionada y tenía delirios seniles. Seguimos charlando un poco más, y de pronto noté que hizo un gesto de dolor. Empezaba a estar incómoda y trató de colocarse mejor en el asiento, pero con poco éxito. Interrumpió el monólogo en seco.

—Tengo que irme. Ya te he dicho que no podía estar mucho tiempo sentada. Saluda a tu madre.

—Por cierto, ¿cuándo conoció a mi madre?

—Creo recordar que la conocí en París a principios de los setenta. Que te cuente ella cómo fue nuestro primer encuentro —me dijo.

—¿Irá usted a la entrega del premio?

—No estoy en condiciones. Adiós, muchacho.

Hizo de nuevo un gesto a uno de los camareros y luego una llamada perdida en el móvil. Enseguida apareció una persona que le ayudó a levantarse, le acercó un bastón para apoyarse y la sujetó del otro brazo. Caminaba despacio aunque dignamente erguida, y me quedé mirando cómo se alejaba mientras pensaba en lo corrosiva que era la vejez y lo absurda que parecía la teoría de que a Tanis Arenal le habían asesinado.

32

Tras la grave acusación de Anita Cruz sobre el posible asesinato de Tanis, no tuve más remedio que ir en busca de Héctor López, el médico que examinó tan exhaustivamente su corazón. En esta ocasión fue mi madre la que me dijo dónde podía encontrarle, no sin antes advertirme que después de haber sido íntimos amigos, Tanis y Héctor habían roto relaciones de la peor manera posible y que era mejor que ni me acercase. Conseguí localizarle a través de una de las enfermeras de su consulta. No fue fácil. Tuve que insistir para lograr que me diera una cita.

—Me ha dicho el doctor que le atenderá por deferencia hacia su madre —me comentó—, pero sepa usted que ya no pasa consulta privada.

Me di cuenta de que la enfermera me consideraba un paciente, aunque no quise deshacer el equívoco por temor a que cambiase de opinión y me quedase sin verle. Me citó en la clínica Ruber de la calle de Juan Bravo.

Fui dando un paseo desde la glorieta de Bilbao por la calle de Luchana hasta llegar al puente que cruza la Castellana. Era uno de esos típicos días madrileños, soleado y tranquilo, sin excesivo tráfico. El bulevar de Juan Bravo tenía un cálido tono dorado bajo la luz del atardecer. Con ese encuentro pondría fin a mi trabajo y también a mis incertidumbres. Al menos, esa era mi esperanza: encontrar una salida al necio laberinto en el que yo solito me había metido.

Al caminar, pensaba en la cantidad de gente acabada que había conocido en las últimas semanas, como si la derrota fuera inevitable con el paso de los años. Algunas personas, como mi propia madre, aparentaban vivir una esplendorosa madurez, pero lo cierto es que se desmoronaban cuando sus emociones se removían un poco más allá de la rutina. La preocupación no era por ellos, sino por mí. ¿Seré así de frágil cuando llegue a los cincuenta? ¿Me arrepentiré de haber cometido excesos, o de no haberlo hecho? ¿Trataré de ocultar los acontecimientos más sombríos si alguien me pregunta cómo sucedieron? ¿Arrastraré el pasado como si fuera una carga a partir de los sesenta? No puedo imaginar a estas personas con la energía que requiere correr en una manifestación delante de la policía, dar saltos durante horas en un concierto de los Rolling Stones, ni siquiera pasear por el monte o montar en bicicleta como me contaron que habían hecho tantas veces. Quizá sea un defecto generacional. Es posible que tantos sueños incumplidos les hayan dejado ese poso de amargura, pero no concibo que estos viejos vencidos fueran jóvenes triunfadores alguna vez en su vida.

Entré en la clínica y pregunté en información por el doctor Héctor López.

—Cardiología, tercera planta —me respondieron sin más mientras me indicaban con un gesto el ascensor.

En la planta me señalaron la puerta de su despacho. Me asomé y pregunté si podía pasar.

—Adelante.

De haber sabido que era tan accesible... Héctor era un anciano corpulento, con un hermoso cráneo afeitado y barba blanca. Más que científico, parecía el protagonista de una de esas series televisivas de hospitales. Separó la vista de la pantalla del ordenador y me miró en silencio por encima de sus gafas con gesto de interrogación.

—Soy Malik, el hijo de Muriel Blanco —me presenté.

—Hombre, el joven Malik —dijo como si me conociera de toda la vida—. ¿Qué te trae por aquí?

Le repetí la presentación habitual sobre el encargo de la Fundación y, antes de que terminase de explicar lo que pretendía de él, me interrumpió con gesto poco amigable y alzando la voz.

—No sé qué quieren, pero es absolutamente imposible que yo colabore con cualquier cosa que proceda de esa maldita Fundación. No voy a dar ni un duro ni voy a dedicarles un segundo de mi tiempo.

—No se trata de colaborar con ellos, sino de ayudarme a rescatar algunos datos confusos sobre Tanis.

—Hay quien vive gracias a que los demás no saben.

—Disculpe, no lo entiendo.

—Hace tiempo decidí borrar a ese personaje de mi memoria. No quiero ser grosero contigo, pero diles que supriman mi nombre de sus archivos, que me olviden y que no se les ocurra volver a molestarme.

A pesar de verle tan alterado, intenté aclararle que ellos no tenían nada que ver en el asunto, que la idea de ir a visitarle había sido mía, solo mía, después de entrevistarme con Carmela y Anita Cruz.

—Ellas fueron las que me hablaron de usted como uno de los mejores amigos de Tanis Arenal.

—Pues no ha sido un acierto, muchacho. Pensé que venías a hacerme una consulta sobre mi especialidad. Si no vienes a eso, es mejor que te vayas.

—Antes me gustaría hacerle una única pregunta. ¿Podría confirmarme si estaba tan enfermo como para morirse de un infarto repentino o, como dice Anita Cruz, lo asesinaron? Es todo lo que necesito de usted.

—Creo que no me has entendido. Me importa muy poco cómo acabó; si se suicidó o le mataron otros. Hace demasiado tiempo de todo aquello. No vengas a remover las cosas. Vete, por favor.

—Está bien, lo siento. Le pido disculpas.

Se levantó de su butaca, rodeó la mesa y me señaló la puerta con el dedo.

—No se preocupe, ya me voy.

Desde luego, me había equivocado. Fue una estupidez ir a verle.

Volví a casa un poco aturdido, me tumbé en el sofá y llamé por teléfono a mi madre para explicarle la extraña reacción de Héctor López.

—¿Cómo se te ha ocurrido ir a verle? Te advertí que las cosas habían terminado mal entre Tanis y él.

—¿Por culpa de Paloma? —aproveché para colar una vez más la pregunta.

—No sé, hijo, no sé exactamente cuál fue el motivo. Pero no te vuelvas loco. Tú solo tienes que hacer un vídeo de presentación, no un atestado.

Decidí llamar a Carmela. Fue tan amable conmigo que me facilitó su número de móvil por si quería consultar alguna cosa más. Ella era la que conocía la historia, puesto que fue compañera de piso de Paloma. Sin más preámbulos, le conté mi accidentado encuentro con el cardiólogo y le pedí que me explicase los motivos del enfrentamiento entre los dos amigos y el odio de Héctor hacia la Fundación. Tampoco quiso entrar en detalles y me despachó con evasivas.

Solo me quedaba probar suerte con Pedro Vidal, que era el menos implicado en el asunto. Marqué su número pero aquella tarde la suerte no estaba de mi parte. No contestó. Sin embargo, horas después me devolvió la llamada y al fin logré que me resumiera el incidente, aunque sin entrar en detalles y con excesiva precipitación. Al menos, supe cuál era el origen de tanto odio.

Después del cierre de *El Hispano*, tras una larga estancia en Boston para especializarse en cardiología infantil, Héctor regresó a Madrid y tuvo la mala fortuna de enamorarse locamente de Paloma Ríos, que compartía piso con Carmela, la novia de Tanis. Las dos parejas se pasaban la vida «excesivamente juntas», según la expresión utilizada por Pedro, hasta que un mal día la relación entre los cuatro saltó por los aires, explotó, se hizo añicos... ¿Por qué? Por culpa de un metejón de Tanis con Paloma.

—¿Un metejón? —pregunté extrañado.

—Sí, es un buen término argentino para resumir en qué consiste un enamoramiento fugaz, una pasión efímera, un amor que dura menos que la flor de un día.

El caso es que Héctor se enfrentó a muerte con Tanis, Paloma salió precipitadamente de sus vidas y la única que siguió inalterable, como si tal cosa, fue la buena de Carmela, hecha ya a la idea de que Tanis nunca sería solo para ella.

—¿Y cuándo sucedió el incidente? —insistí sin demasiada curiosidad.

—Creo que fue antes de que Tanis emprendiera un viaje a Cuba.

—¿No fue entonces cuando murió?

—No. Hizo otro viaje posterior. Por cierto, el último de los amigos que le vio con vida fue tu padre, porque Tanis pasó por París para visitarle cuando era embajador de la OLP y después hizo su último viaje a La Habana.

Me vi obligado a tirar de los hilos sueltos que iban quedando después de cada confidencia. Era desasosegante. Tendría que atar demasiados cabos. Mi madre me había ocultado que vio a Tanis por última vez en París.

33

Llegó el día de la ceremonia. Fui al hotel Palace para esperar, junto al jurado del premio, la llegada de los príncipes. En uno de los salones nos estaba aguardando el jefe de protocolo para darnos las instrucciones precisas.

—En primer lugar, el director de la Fundación presentará a sus altezas reales los príncipes de Asturias a la señora Muriel Blanco, la galardonada —dijo dirigiéndose a mí—, y después a cada uno de los miembros del jurado. Sitúense a ambos lados de los príncipes para la sesión fotográfica —siguió explicando—. Les ruego que no prolonguen en exceso la charla informal que se producirá a continuación y que no establezcan conversaciones diferentes a las que inicien sus altezas.

El hombre era extremadamente meticuloso como, por otra parte, correspondía a su oficio. Me pareció un poco impertinente dar tantas instrucciones y exigir semejante disciplina a aquel grupo de personas ilustres que se habían constituido en jurado para dar el premio.

—Lo idóneo es que se limiten a responder a las preguntas para que el acto sea lo más breve posible y, de ese modo, los Príncipes tengan tiempo suficiente para saludar a alguno de los invitados que asisten al premio. Luego pasaremos al salón donde están previstas las sucesivas intervenciones que concluirán con el discurso de su alteza real, quien, a continuación, procederá a hacer la entrega del galardón. Por último, se retirarán los periodistas gráficos y se prolongará, hasta aproximadamente las diez de la noche, el saludo de los príncipes al resto de los invitados. Eso es todo. Señoras y señores, muchas gracias. Que tengan una grata velada.

Durante los días previos, apenas había dedicado tiempo a pensar en la indumentaria que luciría en una fecha tan señalada. Veinticuatro horas antes decidí ponerme una camisa blanca de seda, una falda de encaje a través de la cual se transparentaba un forro azul oscuro, un fajín del mismo color y el pelo recogido en un moño bajo. Antes de salir, me miré en el espejo y me di cuenta de que llevaba un modelo muy principesco. Detestaba dar esa imagen tan aristocrática, pero ya era imposible cambiarme. Malik estaba en el hotel desde primera hora de la tarde para preparar la proyección y a mí me recogía un coche de la Fundación. Había preferido ir sola. Durante el trayecto me relajé pensando en nimiedades protocolarias, tales como lo poco que me gustaba llamarles «altezas». Me parecía demasiado cortesano. Tampoco me hacía demasiada gracia lo de «señor» y «señora». Quizá fuera mejor limitarme a no llamarlos de ningún modo. Y, desde luego, nada de reverencias. Con todo mi respeto personal hacia estos señores, yo siempre fui republicana. Cosa bien distinta es que, en el fondo de mi corazón, me sintiera halagada por el premio que me había concedido un jurado respetable y que me iba a entregar dentro de unos minutos el príncipe heredero del Reino de España. Todo un detalle.

Un comité de recepción me estaba esperando en la puerta del hotel. Cuando entré en el vestíbulo se dispararon los *flashes* de los fotógrafos, mucho más interesados —qué duda cabe— por la llegada de los príncipes que por la mía. Me sorprendió verme al otro lado de las cámaras. Me sentía aturdida entre tantas personas que me saludaban, me besuqueaban y me repetían la pregunta más impertinente: «¿A que no te acuerdas de mí?». Tuve que reprimir las ganas de decir que no; que no recordaba a nadie. Al fin, logré traspasar la barrera y entrar en la sala donde estaba el jurado. Tras los abrazos y felicitaciones rutinarias, nos anunciaron la inminente llegada de los príncipes.

Su primer saludo fue para mí.

—Le presento a Muriel Blanco, señor, es la premiada de este año —dijo el director de la Fundación Estanislao Arenal.

Ofuscada como estaba, en contra de mi voluntad, hice un ridículo amago de reverencia ante el príncipe.

—Enhorabuena por el premio, Muriel —me saludó mientras estrechaba mi mano—. Había oído hablar mucho de ti.

—Muchas gracias, alteza, es un honor —respondí agradecida.

Agaché de nuevo torpemente la cerviz en señal de respeto y, para colmo, le traté de «alteza». Si Tanis levantara la cabeza y presenciara este espectáculo... Muriel postrándose ante la Corona y, lo que es peor, encantada de ser distinguida con tal honor. ¡Qué sarcasmo!

—Te doy mi más sincera enhorabuena por este premio —reiteró la princesa.

—Gracias, señora —respondí, esta vez, al menos, sin reverencia.

—He visto con mucho interés los reportajes que hicisteis Tanis y tú en *El Hispano*. Era un gran periódico y tuvisteis la suerte de vivir una época apasionante para ejercer el periodismo.

—Es cierto, yo también creo que fue la mejor.

—Bueno, todas lo son, pero aquella era más difícil y, además, estabais iniciando un proceso lleno de esperanza, aunque también de mucha incertidumbre.

Me era imposible olvidar la imagen de Letizia como periodista, la que había visto tantas veces presentando el telediario. Era una buena profesional, ¿no lo echaría de menos? Seguro que sí. Pero me faltaba soltura para preguntarle. No sabía cómo comportarme. No quería ser inoportuna.

—Tampoco son fáciles estos tiempos.

Es todo lo que acerté a decir, pero mi observación se quedó sin respuesta. Fui consciente de lo complejo que era mantener una charla fluida con los príncipes, pero me agradó sinceramente que la princesa alabase mis trabajos. Me pareció una mujer cordial y agradable.

Cuando ya empezaba a relajarme e intentaba dejar a un lado el protocolo, el príncipe, como si lo intuyera, dio por finalizada la charla.

—Ven, Letizia, quiero que conozcas a Pedro Vidal.

Me aparté discretamente para salir del corrillo que se había formado en torno a la pareja real. Con una copa de champán en la mano, me acerqué a saludar al banquero que financiaba el premio.

—Son muy encantadores —se me ocurrió comentarle.

—Ah, sí, te refieres a los príncipes —me respondió él—. Hemos tenido mucha suerte con ellos. Además, es un honor que hayan aceptado presidir esta ceremonia.

—Desde luego, es un detalle por su parte.

—Supongo que tuviste la suerte de conocer a Tanis —prosiguió el banquero—. Lástima que muriese tan joven.

—Sí. Fuimos compañeros, y buenos amigos —añadí apurando la copa de champán.

—Todo el mundo dice que era muy brillante.

—Sí, lo era —respondí sin entrar en detalles.

Estaba buscando a Malik para presentárselo al banquero y a los príncipes —si eso último era posible—, cuando el encargado de protocolo se cruzó en mi camino para indicarme que debía dirigirme ya hacia el salón de la entrega del premio. Para desesperación del personal de seguridad, en el pasillo que conducía al lugar de la ceremonia se produjo un gran atasco porque los invitados seguían estrechando manos y besuqueándose.

Por fin, cada uno ocupó su sitio, los fotógrafos interrumpieron durante un rato su trabajo y comenzaron los discursos. Primero el presidente de la Fundación, después yo para agradecer el premio y, para cerrar, el príncipe. Los tres coincidimos —cada uno de un modo distinto— en destacar brevemente los méritos de Tanis y las bondades de la profesión periodística. Leí contenida los tres párrafos de mi sobria intervención, intentando no dejarme llevar por la emoción que me producía recibir un premio a estas alturas de mi vida. A Malik, que aguardaba con paciencia el instante de proyectar su documental, debió de sorprenderle lo lacónica que había estado su madre. Tras los aplausos, se apagaron las luces y comenzó la proyección. Yo estaba doblemente inquieta, no solo por ser la protagonista del acto, sino por el trabajo de mi hijo.

Aparecieron los rótulos sobre una imagen estática de la demolición del edificio del periódico. Unos segundos después, otra fotografía en tonos sepia, y una voz en *off* situando la escena en Argel, en un momento indeterminado de los años setenta. Alrededor de Yasir Arafat, con su inconfundible *kufiya*, se distinguían, entre otras, las figuras de Tanis, Bashir y yo, con mi cámara colgada al cuello. A continuación, se oían mis primeras palabras sobre Tanis y el premio.

La siguiente imagen era de la misma época. En la redacción de *El Hispano*, Santiago Soler en el centro y casi todo el equipo, más de veinte personas, apiñado en torno a él, haciéndonos un hueco para salir en la histórica instantánea. Otro fogonazo con las palabras rutinarias del presidente de la Fundación y del jurado. A continuación, se sucedieron varias imágenes.

Tanis volcado sobre su máquina de escribir, apoyando las manos en las sienes, profundamente concentrado en el texto. Nueva foto, muy oscura, en la que apenas se me distinguía, con media cara parcialmente iluminada por un haz de luz en el laboratorio, colgando con pinzas en una cuerda otra gran fotografía aún empapada en la que se distinguía sin esfuerzo el rostro del inolvidable Yves Montand. Luego aparecía jugando al *flipper* en el bar: mi cara reflejaba más tensión y concentración que cuando estaba trabajando. El rostro parlante de Pedro Vidal hablaba maravillas sobre la premiada, que era yo.

Otra ristra de imágenes con sus correspondientes rótulos. Córcega. Un tal Nick al lado de Tanis con la estatua de Napoleón al fondo. Se intercalaba la voz crítica de Liberto, el viejo ilustrador del periódico. Se produjeron los primeros murmullos. Enseguida se desvanecieron cuando surgió, otra vez, el rostro de Tanis escuchando con atención en un café de París al trovador Atahualpa Yupanqui, ante la incisiva mirada de su mujer, Nenette.

En un local de nombre Oliver, Bashir y Tanis reían alegres y visiblemente afectados por alguna copa de más.

Fidel estrechaba la mano de Bashir, acompañados por Tanis en el hotel Habana Libre.

Sobre una espectacular imagen de Carmela y Tanis de espaldas, caminando por el desierto con las Pirámides de Giza al fondo, se alzaba la voz de la propia Carmela para hablar sin ningún rubor de quien fue el amor de su vida y de por qué quiso que sus restos reposaran junto al Nilo.

Tanis, Carmela, Bashir, Pedro, yo y algunos más sin identificar aparecíamos sentados en primera fila en El Junco, escuchando a Moncho, cuyos boleros formaban parte de la banda sonora del documental, junto a una ráfaga de musiquilla árabe, *Southern Cross*, de Crosby, Stills and Nash, *Imagine* de Lennon, *Blowin' in the Wind*, de Dylan, apenas unos acordes de un desgarrado lamento de Janis Joplin y la maravillosa voz de Leonard Cohen cantando *Dance Me to the End Of Love.*

—¿Y dices que lo ha hecho tu hijo? —me comentó la princesa en voz baja—. Pues felicítale de mi parte, es un documental espléndido.

Henchida de orgullo, le di las gracias y le cuchicheé al oído que sí, que verdaderamente me había sorprendido.

—No imaginé que fuera tan bueno.

Habría sido un cierre rotundo, pero, también para mi sorpresa, Malik había decidido incluir, sin que nadie lo supervisara, el testimonio de la anciana Anita Cruz, donde expresaba sus sospechas de que Tanis hubiera sido asesinado. Se hizo el mismo silencio absoluto durante unos segundos y, de pronto, se elevaron unos murmullos de manifiesta indignación e incluso se oyeron protestas que algunos invitados llegaron a expresar en voz alta. ¿Quién era la tal

Anita Cruz? ¿Por qué transmitía esas sospechas de todo punto infundadas? ¡Qué barbaridad!

Los príncipes trataron de ocultar su desconcierto ante una situación imprevisible que nadie sabía cómo remediar. Y menos que nadie, su jefe de protocolo, que se acercó al asistente del príncipe y le dijo algo al oído. El otro, tras observar a su jefe, ni se inmutó.

Unos instantes después finalizó la proyección, se encendieron de nuevo las luces y, al ver que los príncipes seguían en su sitio, impasibles, el resto de los invitados se fueron calmando. El presidente de la Fundación se acercó a mí para transmitirme sus quejas.

—Esta no es la versión que me enseñó Malik antes de la proyección. Ni siquiera me mencionó el nombre de Anita Cruz. Es una locura hablar aquí, a estas alturas, de un asesinato. ¿Qué necesidad hay de hacer esta patochada delante de los príncipes?

—No sé de qué patochada me hablas. A mí me ha parecido un documental muy interesante —respondí en defensa del trabajo de mi hijo.

A partir de ese momento, todo mi afán era buscar a Malik para transmitirle mi apoyo aunque solo fuera con la mirada. Lejos de incomodarme, el documental me había parecido lo mejor de la noche, incluso pensé que era un homenaje coherente a la figura de Tanis Arenal: seguro que se hubiera sentido plenamente satisfecho con la provocación. Solo que no encontraba a mi hijo, no había manera de saber dónde se había metido, y yo aún no podía moverme, porque tenía que permanecer al lado de los príncipes hasta que ellos decidieran dar al acto por finalizado.

Y todavía quedaba el final, la entrega propiamente dicha del premio: una sencilla escultura abstracta que el príncipe puso en mis manos. Se abrieron las puertas para que entrasen de nuevo los fotógrafos, que ya habían informado a sus redacciones del revuelo organizado a raíz de la acusación de una tal Anita Cruz. Sus respectivos medios estaban ya reabriendo el caso y rastreando datos en la hemeroteca sobre la muerte en La Habana de Tanis Arenal.

La ceremonia llegó a su fin y yo estaba dispuesta a defender a mi hijo contra todo el que se me pusiera por delante con afán de criticarle. Para mi sorpresa, la princesa ratificó su buena impresión.

—Además de espléndido —me dijo—, es rompedor. Tu hijo es un valiente, pero, sobre todo, un artista. ¿No crees, Felipe? —trató de implicar al príncipe.

—Sí, parece difícil saber cómo murió Tanis Arenal —respondió él, dirigiéndose a mí—. En cualquier caso, estoy seguro de que alguno de tus colegas logrará averiguarlo. No perdamos la esperanza. Al cabo del tiempo, todo se sabe. Enhorabuena, Muriel, por tantas cosas.

Y por fin dieron por clausurado el acto. Salieron los príncipes, ya sin detenerse con nadie, y tras ellos el resto de los invitados, unos más perplejos y ofendidos que otros.

Me había impactado muy favorablemente la comprensiva actitud de los Príncipes hacia el trabajo de mi hijo. En cuanto abandonaron el salón, me abrí paso como buenamente pude entre los invitados y esquivé a cuantos pretendían hablar conmigo, para ir en busca de Malik al que parecía haberse tragado la tierra. Estaba preocupada por él. Le envié un mensaje a través del WhatsApp:

Rescátame, por favor. En cinco minutos estaré en La Ancha. Te invito a cenar.

Cuando al fin logré salir a la calle, me tropecé con un grupo de manifestantes con banderas republicanas que gritaban consignas contra la Monarquía, a pesar de que los príncipes se habían marchado hacía un buen rato.

34

Intenté escabullirme de la gente, del enorme barullo que había a la salida. Los que estaban alojados en el hotel querían acceder al vestíbulo, pero policías y manifestantes les interrumpían el paso. No tenía ganas de pedir disculpas por el final añadido a última hora en el documental, aunque mi madre se merecía una explicación, así que respondí a su mensaje y acepté que me invitara a la cena. De todos modos, tenía que hablar con ella para darle una noticia importante. Era probable que no la volviese a ver en una buena temporada.

Cuando llegué a La Ancha pregunté por una reserva a nombre de Muriel Blanco y me dijeron que estaba esperando en una mesa situada en una discreta esquina al final del comedor. Le di un beso y me senté frente a ella.

—Enhorabuena, Malik, has hecho un buen trabajo.

—Gracias, madre, pero tendría que ser yo quien te diera la enhorabuena. Es tu gran día y has estado muy bien, pero que muy bien. Me siento orgulloso de ti.

—Brindemos, entonces —me dijo alzando una copa de

vino—, por nuestros respectivos éxitos y por el placer de haber trabajado juntos. ¡Ojalá se repita!

—¡Por ti! —respondí chocando mi copa contra la suya—. ¡Salud!

La vi emocionada, pletórica y luminosa. Lamentaba tener que estropearle la noche.

—No me habías contado lo de Anita Cruz.

—No se lo conté a nadie. ¿También a ti te parece mal que haya incluido su testimonio?

—En absoluto, a pesar de que ya sabes mi opinión sobre ella.

—No sé por qué le tienes tanta manía, me parece una mujer interesante. Me habló muy bien de ti. —Era mentira, obviamente, pero pensé que sería una buena manera de halagar a mi madre—. Me contó que os conocisteis en París.

—¿Te dijo cómo?

—No, me dijo que te lo preguntara a ti.

—Bueno, dejemos el pasado atrás. Hoy es un día para celebrar el presente. Hablemos de tu éxito, es un tema de conversación mucho más interesante. Me ha sorprendido que hayas captado con tanta precisión la época y el personaje.

Estaba claro que no me iba a decir una sola palabra de su encuentro con Anita Cruz en París. Así que era inútil insistir más.

—El mérito no es mío. Lo único que he hecho es incluir un testimonio tras otro.

—Sé lo difícil que es seleccionarlos, investigar quién es cada personaje, preparar las preguntas, editar cada entrevista y a la hora de hacer el montaje, olvidarte de casi todo el material para reducirlo a lo esencial. ¡Y saber escoger las fotos! Desde luego que tiene mucho mérito. ¡Ah!... ¡Y la música! Yo no lo hubiera hecho mejor.

—¿Sabes cómo he elegido las canciones?

—Supongo que con la ayuda de Google...

—No ha sido necesario. Es la banda sonora de mi infancia. Te recuerdo escuchando boleros que, por cierto, me parecen insoportablemente cursis. ¡Dios! ¡Qué monserga me dabas con Bob Dylan y Leonard Cohen! Los ponías a todas horas. Eran muy cargantes. Solo al cabo de mucho tiempo he podido reconciliarme con ellos... Bueno, no con todos. Los boleros me siguen resultando empalagosos. ¡No los aguanto!

Mi madre soltó una carcajada tan sonora que la gente se nos quedó mirando.

—¡No me lo explico! A todo el mundo le gustan los boleros. Hay momentos en los que son insuperables.

Hace tiempo que no estaba tan alegre. Me encantaría verla siempre disfrutando tanto. El vino ayudaba, pero había algo más. Supuse que para ella habría sido difícil compartir conmigo historias de aquella época. Tan difícil como para mí.

—Brindemos, entonces, por Dylan y Cohen —le dije.

—¡Y por Lennon y Harrison! —añadió ella—. ¿Sabes que mi preferido de los Beatles era George Harrison? Te ha faltado incluir a Ravi Shankar y el Concierto de Bangladesh. ¡Eso sí que ha sido un fallo, Malik!

Risas y más risas. Parecía haberse olvidado hasta de Anita Cruz. De pronto, cogió el premio que había depositado en la silla y me lo enseñó.

—¡Sujétalo! —me pidió—. Ya verás, pesa un quintal. Lo pondré de pisapapeles.

Miró el texto grabado en la placa y noté, de nuevo, sus

ojos vidriosos. Se puso muy seria y se quedó un buen rato en silencio.

—¿Qué piensas? —pregunté.

—Es muy cierto eso de que nadie se cruza en tu camino por casualidad y tú no entras en la vida de nadie sin ninguna razón.

—¿A quién te refieres?

—Es que la música me ha hecho recordar... cuando se fue tu padre y me dejó sola contigo.

—¡Vaya! ¡Qué poco ha durado la fiesta!

—No te puedes imaginar lo solos que nos quedamos.

—Ya que lo dices, ¿por qué no te fuiste con él?

—Porque él no quiso. Yo me hubiera ido, fue él quien no quiso llevarnos.

—Siento que terminemos hablando de cosas tristes, pero ¿por qué no quiso?

—Da igual, hijo, ya no importa.

—Se me olvidó preguntarte algo. ¿Cuándo viste a Tanis por última vez?

Se sorprendió, le cambio el gesto y musitó con un hilo de voz.

—No lo recuerdo.

—Dejémoslo así. Mamá, he venido porque quería compartir contigo este día, pero, además, tenía que darte una noticia.

—¿Mala o buena?

—Te quiero mucho, madre, pero he tomado una decisión. Necesito conocer Palestina. Pasado mañana tengo un vuelo a Jerusalén.

—Toda la vida he intentado evitarlo —me confesó temblorosa—. ¿Por qué me haces esto?

—Quiero pisar la tierra de mi padre y conocer lo que

ignoro de mi vida. Debo tener mi propia experiencia. No va contra ti, madre, no hagas de esto una tragedia. Pasaré allí un tiempo, aprovecharé para trabajar en un documental, y volveré.

—Tu padre se fue y nunca regresó.

—Yo volveré, te lo prometo.

35

Bashir nunca regresó y temía que mi hijo tampoco lo hiciera. No quise escuchar más mentiras. Ni tampoco decirlas. Claro que recordaba la última vez que vi a Tanis. No lo olvidaré mientras viva. Fue el día que Bashir me llamó desde la embajada.

—¡Sorpresa! ¿A que no sabes a quién tengo delante de mí en este momento?

Parecía imposible, pero era Tanis el que estaba con mi marido.

—Solo pasará un par de días en París. Quiere que cenemos juntos. ¿Te parece bien?

Maldita la hora en la que acepté la cena. Hubiera sido mejor no volver a verlo, pero le vi y sobrellevé como pude el reencuentro e incluso acepté un regalo que me había traído de Bagdad: un precioso joyero de palosanto con pequeñas incrustaciones de marfil. Me lo dio cuando Bashir se adelantó a pagar la cuenta y nos dejó solos durante unos instantes.

—Guárdalo. Para que te acuerdes de mí —me dijo—. Un último recuerdo... Abre la caja cuando estés sola.

En vez de rechazarlo, de decirle que ya no era momento de complicidades, lo acepté a espaldas de mi marido. Nunca supe por qué lo hice. Si fue porque me pilló desprevenida, por tener la fiesta en paz o porque me desconcertaron sus palabras. ¿Por qué habló de «un último recuerdo»? Para qué pensar en cosas que ya no existen. Estaba feliz con Bashir y por nada del mundo hubiera querido volver atrás. El caso es que metí el joyero en el bolso con sentimiento de culpa, nos despedimos de manera amigable y cuando llegué a casa me faltó tiempo para abrirlo y ver lo que había en su interior. Solo tenía una pastilla de jabón de piezas multicolores con el penetrante aroma de tantos instantes compartidos y debajo una brevísima nota: «Si tú me lo pides, cantaré solo para ti». ¿Acaso pretendía interferir de nuevo en mi vida? Pero no tenía la menor posibilidad de convencerme: estaba definitivamente desencantada e incluso avergonzada de lo que ahora consideraba una locura. Empezaba a entenderlo. Había tenido con aquel hombre un amor letal. Me había comportado como una mujer sumisa, resignada y autodestructiva. Nunca volvería a actuar de ese modo tan horrendo. Estaba, de una vez por todas, arrepentida.

Con Bashir todo era distinto, aunque cometí un error. A pesar de la mala experiencia anterior, no se me ocurrió otra cosa que esconder el regalo de Tanis para que mi marido no lo viese. Lo mismo que hice en Argelia. Las personas que tropiezan dos veces en la misma piedra son más torpes que perseverantes. Este gesto repetido fue el principio de mis desdichas.

A los pocos días de su breve estancia en París, Tanis se fue a Cuba. Nunca más le volví a ver. Cuando nos comunicaron la noticia de su muerte, Bashir y yo volamos a Madrid para recibir el féretro. Habíamos estado con él hacía tan poco tiempo que nos impactó mucho la mala noticia. Quizá fuimos de los últimos amigos que le vimos con vida.

Había pasado poco más de un mes de la muerte de Tanis cuando le conté a mi marido que estaba embarazada. Se llevó una enorme sorpresa y no precisamente agradable. Lo cierto es que habíamos decidido de mutuo acuerdo no tener hijos hasta que nuestra situación fuera más estable. Bashir se sintió engañado y, a partir de aquel momento, cambió de actitud y se distanció mí. Hacía continuos viajes a Oriente Medio y apenas estuvo conmigo durante el embarazo. Cuando nació Malik, Bashir se encontraba en El Cairo y no regresó hasta un par de semanas después. A los pocos meses nos abandonó para irse definitivamente a Jerusalén, pero para entonces nos habíamos distanciado tanto que ni siquiera traté de retenerle.

El día triste de la despedida, mi marido depositó sobre mi cama la caja de palosanto que contenía la nota de Tanis y el jabón de trozos multicolores. Ni siquiera me acordaba de aquel regalo, lo había olvidado nada más esconderlo. Bashir dejó escrita su propia despedida: «Sospeché, desde el principio, que nunca le olvidarías. Aún le llevas en el corazón. Ya no cabemos los dos». Le escribí para explicarle que, desde hacía mucho tiempo, había perdido todo interés por él. Hice muchos esfuerzos para sacarle de su error, pero fue inútil. Yo le quería, pero murió sin saber cuáles eran mis verdaderos sentimientos.

El círculo se cierra. Es cierto que existe un hilo invisible que une a las personas destinadas a encontrarse en algún momento de sus vidas. No importa el tiempo ni el lugar. Yo he intentado, por todos los medios, cortar ese hilo para impedir que mi hijo se alejara de mí, pero el hilo se encogió y se estiró muchas veces sin llegar a romperse nunca. Malik necesitaba dar sentido a su vida y decidió ir en busca de su destino. Estaba escrito.

AGRADECIMIENTO

A Muriel, que fue amiga íntima y compañera de trabajo de mi juventud.

Un día le pregunté por qué se enamoraba siempre del hombre equivocado. Ella me contó esta historia para tratar de explicármelo.

Aunque la experiencia siempre llega tarde, ojalá los lectores más jóvenes (los viejos no corren esa clase de riesgos) no se dejen seducir por los cantos de sirena. Son muy peligrosos.

Los personajes que rodean a Muriel aparecen tal y como ella los describió. Solo me he tomado una licencia: situarlos en la época y los lugares que mejor conozco.

Espero que no le moleste el cambio de escenario, ni tampoco que haya novelado el fragmento más periodístico de su vida.